A E
& I

Contrabando

Autores Españoles e Iberoamericanos

Víctor Hugo Rascón Banda

Contrabando

Diseño de portada: Roxana Ruiz / Diego Álvarez

© 2008, Víctor Hugo Rascón Banda

Derechos reservados

© 2008, Editorial Planeta Mexicana, S.A. de C.V.
Avenida Presidente Masarik núm. 111, 2o. piso
Colonia Chapultepec Morales
C.P. 11570 México, D.F.
www.editorialplaneta.com.mx

Primera edición: octubre de 2008
ISBN: 978-607-7-00031-0

Impreso en los talleres de Litográfica Ingramex, S.A. de C.V.
Centeno núm. 162, colonia Granjas Esmeralda, México, D.F.
Impreso y hecho en México – *Printed and made in Mexico*

EL CAMINO A SANTA ROSA

Es medianoche en Santa Rosa. Cansado, lleno de polvo por el viaje a este pueblo minero de la Baja Tarahumara, no quiero dormir sin dejar un pormenor de lo que me ha pasado este día.

En la mañana, cuando bajé del avión en el aeropuerto de Chihuahua, me estremeció el miedo sin razón. Sentí la muerte cerca, aunque ahí no había nada extraño, salvo naves militares en el hangar de las avionetas que vuelan a la sierra, junto a un aviso que decía: *Búsquese a su novia, nosotros se la volamos.* Adentro del aeropuerto, mientras esperaba a mi padre que llegaría por mí para traerme a Santa Rosa, comprobé que los presentimientos tienen razón de ser. Había una fila de pasajeros checando sus boletos para viajar a Ciudad Juárez en el mismo vuelo que me trajo de México. Sin nada que hacer más que esperar, me puse a ver a los pasajeros desde mi asiento, adivinando su nombre, su ocupación, su edad y el motivo de su viaje a la frontera. Dos jóvenes de 25 y 30 años, que podrían llevar los nombres de Rubén y Santos, me llamaron la atención porque no llevaban más equipaje que unas bolsas deportivas y era evidente que estaban esperando a alguien, pues miraban constantemente hacia la entrada de la sala y hacia el avión que aguardaba en la pista. O temen que el vuelo se cierre y no llegue un familiar que viene retrasado, o están desesperados porque la fila avanza muy lentamente y quisieran estar ya en la frontera para pasar al otro lado y poder abordar otro avión que los llevará a Chicago o a Los Ángeles, donde seguramente trabajan como ilegales. Por sus ropas vaqueras y su rostro serrano, apuesto, de rasgos fuertes, su cabello largo mal cortado y la ansiedad que muestran, deben ser pasajeros que por primera vez toman el avión. Por sus relojes dorados, sus anillos ostentosos y sus cadenas de oro al cuello, no son campesinos pobres, sino trabajadores bien pagados que pueden viajar en avión. Por la forma como fuman en silencio, con nerviosismo, hablando a veces, entre los dos, las mínimas palabras, con monosílabos y silencios que expresan más que una conversación, es claro que son hermanos o amigos íntimos que se comunican con un lenguaje lleno de sobrentendidos.

Uno de ellos, Rubén, el más joven, miró a alguien que entraba al aeropuerto y previno al otro, a Santos, con un gesto. Se miraron y caminaron de prisa hacia la sala de abordaje, pero luego cambiaron de idea y se dirigieron tranquilamente, en sentido contrario, hacia el restaurante del segundo piso. Cuando subían las escaleras pasaron cerca de mí tres hombres corriendo, con pistolas en las manos. Santos y Rubén los vieron desde la puerta del restaurante y se devolvieron. Bajaron las escaleras atropellando a la gente y corrieron rumbo al estacionamiento, pero se detuvieron al ver llegar a otros hombres armados con metralletas, seis, nueve, quienes se pararon en las puertas. Rubén y Santos, desesperados, intentaron salir a la pista por la sala de llegada de los pasajeros. Se escucharon balazos, gritos y órdenes para que se detuvieran. Los dos jóvenes acorralados se miraron entre sí, angustiados, e intentaron brincar el mostrador donde se checan los boletos. Se oyeron más balazos y gritos de mujeres y niños. Santos, que logró pasar al otro lado, recibió una descarga y cayó sobre la banda de equipajes que lo arrastró hasta el hueco de salida, a la pista. Rubén brincó del mostrador y vino corriendo hacia donde yo estaba para tratar de salir al estacionamiento y, justo frente a mí, cayó balaceado. Quedó de lado, mirándome con los ojos muy abiertos, mientras un hilo de sangre le salía de la boca y su camisa de cuadros negros se manchaba de rojo.

Asesinos, gritó una mujer embarazada a los hombres que apuntando con sus armas se acercaron a revisar el cuerpo, sacándole sus documentos, su billetera, sus cigarros, su agenda, su pasaporte, su boleto. Asesinos, les gritó una anciana de bastón. Eran narcos, respondió uno de los hombres, que volteó y la miró con furia. Eso no les quita a ustedes lo asesinos, le dijo una joven. Asesinos, asesinos, gritaron otras mujeres. La gente que se juntó alrededor del cuerpo hizo coro. En todos los rostros había indignación. Asesinos. Asesinos. Asesinos.

Mi padre llegó por mí en su troca colorada con placas de Texas y un estéreo de cuatro bocinas que tocaba corridos prohibidos por el gobernador. El Ventarrón, un minero joven que le servía de chofer, condujo la troca por una avenida que rodea Chihuahua para salir directamente a la carretera de Cuauhtémoc, la puerta de la sierra. Ni los corridos prohibidos, ni los verdes campos menonitas, con mujeres de faldas negras hasta el tobillo y pañoletas floreadas que se inclinaban en los surcos, me borraron la impresión del aeropuerto. Ni las llanuras desiertas de la Junta, ni los secos llanos de Miñaca, con su león gigantesco dormido, eso parece la montaña que da nombre al lugar, me quitaron de la vista los rostros de Rubén y de Santos que no pudieron tomar el avión a Ciudad Juárez. Ni el pueblo de Tomochic con su leyenda de rebeldes, ni el cañón del Zopilote con sus estatuas de piedra, ni la cuesta del Caballo con su abismo sin fin, ni el angosto desfiladero del río Cadameña, ni el susurro de los pinares, ni los troncos rojos y blancos de los madroños me hicieron olvidar a esos dos hombres acorralados en medio de la gente sorprendida por la persecución.

En el entronque de Huajumar, ahí donde se acaba el pavimento y comienza el camino de terracería, que se vuelve nubes de polvo y saltos, me esperaba otro percance, un retén de judiciales. Bájense, gritaron de mal modo. Obedecimos y revisaron la troca por arriba y por abajo. Abrieron mi maleta, las cajas con alimentos, los costales de herramienta, un tambo de petróleo, las rejas de fruta y las redes del mandado. Metieron alambres en el tanque de la gasolina, levantaron el tapete de la cabina y voltearon los asientos. Armas y licor, me contestaron, cuando les pregunté el motivo de la revisión. Encontraron solamente tres botellas de sotol de Coyame que mi padre compró para las noches frías de la sierra y un *six pack* de Coronitas que llevábamos para la sed del camino. Están requisadas y las mandaremos a Chihuahua, dijeron, cuando mi padre les pidió que las rompieran en una de las piedras que marcaban el alto.

Seguimos el camino después de dar cumplimiento a la Ley Seca de la sierra, pero más allá, en los llanos verdes de Memelichic, nos esperaba otro retén, ahora de soldados. Volvieron a revisar la troca por arriba y por abajo. Droga, dijeron, cuando les pregunté qué buscaban. La droga se saca de la sierra, no se mete, les dijo el Ventarrón. Si anduviéramos en eso, iríamos para atrás, no para lo caliente, agregó. No entendieron su concepto de la geografía del narcotráfico y, como respuesta, por ser el chofer, le pidieron los papeles de la troca. Mi padre sacó de la guantera una bolsa de plástico llena de permisos, trámites, gestiones, recibos y pagos de impuestos. Sólo me falta el registro federal que está por llegar de México, dijo. Un soldado le pasó los papeles a un cabo y éste a un capitán. Hicieron como que los leyeron. Paren la troca a un lado, más allá, junto a aquellas otras, ordenaron. Es chueca y aquí se queda. Miré la fila de trocas nuevas y viejas que se alineaban a los lados del camino. Pedí hablar con el jefe. No creo que haya labor más difícil que dialogar con un militar y lograr más o menos una conversación coherente. Están cuadrados del seso. Palabras o conceptos como garantías, constitución, derechos, facultades, no existen en su diccionario. No. Retírese. Son órdenes. Retírese. Hable en Chihuahua. Retírese. Es ilegal. Retírese.

Son órdenes. Retírese. Hable en Chihuahua. Retírese. Es ilegal. Retírese. A veces, la defensa más inocente e ingenua tiene
su efecto. Soy escritor. Voy a mi casa en Santa Rosa. Vivo en
México. Escribo en *Proceso*. Denunciaré todo. Y santo remedio. Aventaron los papeles sobre el asiento y nos dejaron ir.

Nos anocheció en la cuesta de Jesús María. Íbamos
sin hablar, mirando cómo las luces de la troca descubrían el
camino angosto que daba vueltas entre encinos y robles, bajando de la sierra a lo caliente. Al dar la vuelta en una curva
y tomar un pedazo de carretera plano y recto, vimos a lo
lejos una sombra que salía detrás de un pino y se atravesaba
en la carretera. Era una mujer vestida de negro, con naguas
largas y un chal caído sobre los hombros, que hacía señas
para que nos detuviéramos. Párate, le dijo mi padre al Ventarrón, al tiempo que yo le gritaba No te pares, temiendo un
asalto. La orden y la contraorden hicieron que el Ventarrón
titubeara. Frenó y aceleró la troca. La mujer enmedio del camino, con los brazos en alto, sin quitarse, pedía que nos pa-
ráramos. Para no atropellarla, el Ventarrón desvió la troca,
que se salió de la carretera, y luego se detuvo más adelante.
O la mujer saltó a tiempo o pasamos sobre ella y la matamos, pensé. Vámonos, debe haber gente escondida para
asaltarnos, le dije a mi padre. No, mijito, vamos a ver qué
pasó. No podemos irnos sin darle auxilio a esa mujer. Desapareció. Es una aparecida, dijo el Ventarrón. Devuélvete, le
ordenó mi padre. El Ventarrón metió la reversa hasta el pino
donde vimos salir a la mujer. El lugar estaba desierto. Mi padre sacó una lámpara de mano de la guantera y brincó de la
troca, alumbrando los matorrales y los troncos de los pinos.
De pronto, el chorro de luz iluminó el rostro de una mujer
sentada en la hojarasca, abrazándose a sí misma, que nos
miraba suplicante. ¿Qué quieres?, le dijo mi padre. La mujer,
demacrada, flaca, con los ojos hundidos, miró largamente a
mi padre y por fin habló. ¿No me reconoces, Epigmenio? Mi
padre le echó la luz al cuerpo y le volvió a mirar el rostro,
acercándose. Te me haces conocida pero no sé quién eres.
Soy Damiana, la de Los Táscates. Pedí un aventón y aquí me

11

bajaron. Voy a Santa Rosa a buscar al presidente municipal. Llévame, por caridad. Mi padre la ayudó a levantarse. Pero si te estás helando, mujer, le dijo al tocar sus manos. Y estás muy flaca, cómo iba a conocerte. Ni yo misma me conozco, Epigmenio, no me conozco. La llevó hasta la troca. Se va a ir en la cabina, con ustedes, yo me iré atrás, pásame la cobija.

La mujer me observaba con desconfianza. De negro, con una mirada de loca y una vejez prematura, era la imagen de una muerte triste o del ánima en pena de una mujer sin sepultura. Esta mujer ha sufrido mucho, dijo mi padre. Hicieron con ella una injusticia y ahora no tiene a nadie. Me hice a un lado para que ella viajara entre el Ventarrón y yo, y seguimos el camino a Santa Rosa.

La luna empezó a verse entre las nubes y los corridos prohibidos llenaron la cabina. Cuando acabó la cinta, apagué ̇el estéreo. Viajamos en silencio un largo trecho. Se me hace que yo a ti te conozco, me dijo la mujer. ¿Qué se te perdió por acá? ¿No sabes quién es?, le dijo el Ventarrón. Es hijo de Epigmenio. ¿Eres el grande o el chico?, me preguntó ella. El de enmedio. Ah, con razón tu cara se me hacía conocida. Yo a ti te cargué en mis brazos una vez que tu madre pasó por Los Táscates con tu padre. Andaban con los libros de la Presidencia registrando indios. Luego te fuiste muy lejos. ¿Y usted de dónde viene?, le pregunté. De la cárcel, respondió en voz baja. De nuevo se hizo el silencio un buen rato, hasta que la mujer habló otra vez. Y tú, ¿eres narco?, me preguntó. Le contesté que no. Entonces eres judicial, afirmó con seguridad. ¿Por qué?, le reclamé. Es que miras igual que ellos, respondió. ¿Y de qué vives, entonces? Soy escritor. Ah, mira nomás, escritor. Pues haz un corrido de lo que me pasó, para que el mundo lo sepa. Yo no hago corridos. Qué lástima, dijo, como eres escritor, lo pensé. ¿No supiste lo que pasó en Yepachi? Respondí que no. La mujer clavó la vista en el camino de tierra que se abría frente a nosotros y quedamos en silencio. O sea que por allá no se sabe nada, dijo de pronto. Mira nomás, aunque debería saberse. Acá en la sierra hubo una desgracia, una matazón

12

o como quieras llamarle. Yo quedé viva de milagro. Muerta en vida, mejor dicho. Sólo me sostiene la venganza. Por eso necesito que me escriban una carta para que se me haga justicia. Y alguien debe hacer un corrido para que no se olvide. Para que no se olvide la masacre de Yepachi.

LA MASACRE DE YEPACHI

El rancho de Yepachi, donde pasó todo, está como a veinte minutos de Los Táscates, donde nosotros vivimos. Nomás al pasar el llano y subir al puerto que está frente a la casa, se avista el caserío. Es más, desde el balcón se alcanza a ver el techo de lámina de la casa grande de Yepachi, en medio de los pinos y los encinos que no dejan ver lo demás. Ese día han de haber sido como las seis de la mañana, porque apenas clareaba y yo estaba poniendo lumbre en la estufa de leña. No me gusta la de gas, aunque también tengo. Mi esposo Rogelio Armenta se había ido a ver a su mamá a Yepachi llevándose la troca y allá se quedó a dormir, como otros días en que salía ya tarde. En la casa sólo estaba mi hermana Teófila, menor que yo, embarazada de siete meses, que se había venido conmigo a esperar su criatura porque su marido no quiso ver de ella. Estaba yo agachada, así, atizando la estufa con un ocote, cuando escuché un traqueteo. Me quedé así un momento para oír mejor. El traqueteo seguía. ¿Estás oyendo, Teófila?, le grité hacia el cuarto donde dormía. Qué cosa, me contestó amodorrada. Parecen balazos, le dije. Es muy temprano para que anden tirando balazos, Damiana, deben ser cohetes en

14

El Madroño, por las fiestas de San Juan. Salí al balcón y miré para Yepachi. El traqueteo seguía, pero ahora se escuchaba clarito, como ruido de muchos balazos, así, seguiditos. Algo está pasando allá. Hay que ir a darles auxilio, le grité a Teófila, que se empezó a vestir. Pero cómo, me dijo, si no tenemos ni pistola. Termina de vestirte pronto si quieres acompañarme, le dije. Me quité el delantal, me puse un suéter, saqué el agua caliente de la estufa y le eché un grito a Matilde, la nana, que andaba trayendo agua de la pila. Ahí te encargo los chamacos, voy a Yepachi. Y bajé las escaleras corriendo hasta las trancas del corral. Ahí me alcanzó Teófila. Pero estás loca, mujer, adónde vas. A ver qué está pasando allá, qué no estás oyendo. La balacera seguía, aunque con tiros más espaciados. Me metí al corral y ensillé la yegua. Teófila seguía. Espérate mujer, no seas atrabancada. Si quieres acompañarme, súbete en ancas, le dije. Y me monté. Teófila lo pensó un poco y luego se subió como pudo. Pero cómo vamos a irnos así, sin sombrero, decía. Eché a galope la yegua por el llano, pasando la quebrada que corre por la orilla de la siembra para salirle al camino de Yepachi por una vereda y acortar el trecho. Llegamos al puerto donde está la cruz y divisamos. Los balazos seguían. Para qué nos vamos a meter a la balacera, me dijo Teófila. Mejor vamos a pedir ayuda al Madroño. Tenía razón. No le contesté pero torcí la rienda de la yegua y me fui por otro camino hacia El Madroño.

En Yepachi estaban mi cuñado Rómulo con Felícitas, su mujer, y con un chiquito de brazos, pues ella no cumplía todavía los cuarenta días de dieta. Estaba también doña Filomena, mi suegra, tan enferma de su artritis que ni se podía mover, y su hermana Benigna, una señorita ya grande que nunca se casó, de muy buen carácter. Y estaban dos de mis hijos. Rogelio, el mayor, y Asunta, la que le sigue, que habían ido a pasar unos días con su abuelita, para ayudarles a ordeñar y a cuajar quesos. Había ahí cinco o seis trabajadores de mi cuñado, que es el dueño del rancho, como quien dice, porque se hizo cargo de él desde que murió don Darío, mi suegro. Y dos o tres indias tarahumaras que trabajan en tiempo de aguas, ayudando a envasar duraznos y hacer la ordeña, pues es cuando mis cuñados acostumbran juntar las vacas, herrar, vender ganado, sembrar, en fin.

Párate para bajarme, no vayan a hacerme daño, mejor te espero aquí, me dijo Teófila. Ni caso le hice. Cómo iba a perder tiempo deteniendo la yegua. Llegamos al Madroño en una hora pasadita, más o menos, porque apenas estaba pegando el sol. Me fui derechito a la casa del comandante, junto a la Presidencia, a buscar a los judiciales del Estado que desde principios de año mandaron de Chihuahua, cuando empezó todo este asunto de los mafiosos y de la droga. Estaban almorzando. Le rogué al comandante que se fueran a Yepachi a ver qué pasaba. Será un secuestro, me preguntó, o un asalto. Qué importa lo que sea, hay que ir a darles auxilio, le dije, pero ya. Ahí están mis dos hijos y mi esposo. Muévase, por caridad de Dios. Dejé ahí la yegua y salimos en dos camionetas para Yepachi.

En una iba el comandante con seis o siete policías, todos armados. Nosotros nos subimos en la cabina de la otra camioneta. Yo iba rezando por el camino, prometiendo mandas y cuerpecitos de plata para que no les fuera a pasar nada, especialmente a mis hijos, porque en fin, la gente grande ya ha vivido, pero las pobres criaturas no tienen la culpa de nada.

Llegamos al puerto. Se oían algunos balazos espaciaditos. Ya ve, le grité al comandante, la cosa sigue. Apúrele, por el amor de Dios. Seguimos y llegamos hasta el cerco de la entrada principal. El rancho tiene tres entradas. Una por el frente, con un arco de piedra, para las visitas y los extraños. Otra por atrás, por la cocina, para la gente que llega a caballo y para los trabajadores. Y otra por los graneros y las casas de los peones, que tiene una entrada ancha y unos cobertizos para guardar los tractores y las trocas. No se oía nada. Como si todo hubiera sido mentira. Como si todos estuvieran dormidos o se hubieran ido de viaje. Teófila me

miraba con desconfianza. Ojalá que todo haya sido un sueño, figuraciones mías, le dije despacito. Qué hacemos, me
gritó el comandante. Atrás hay otra entrada, le grité.

No sé si hice bien o si hice mal por querer entrar del
otro lado. No sé qué hubiera pasado si nos acercamos por
el frente. A lo mejor hubiera sido lo mismo, porque cuando las cosas están para pasar, no hay modo de detenerlas.
Nos fuimos por atrás. Las camionetas iban despacito, casi
a vuelta de rueda, pero los policías no llevaban preparadas
sus armas. Iban tranquilos, como si anduvieran revisando,
nomás. Al traspasar la puerta de atrás, donde está una lila,
junto a los cobertizos, se oyó la primera descarga. Agácha-
te, le dije a Teófila. Y me tiré al piso de la cabina. La tonta
se quedó mirando de frente por el cristal hacia la casa. Me
levanté para tirarla al piso pero en eso de una ventana de
la casa salió una ráfaga, como de ametralladora, y rompió
los vidrios de la camioneta. Sentí un ardor en el hombro
izquierdo. Apenas podía creerlo. Estaré soñando, pensaba.
Será una pesadilla. Levanté la cabeza y alcancé a ver al
chofer de la camioneta caído sobre el volante, con borbotones de sangre que le salían del cuello. Teófila quedó recargada en el asiento, muy derechita, con los ojos abiertos,
tapándose el estómago con las manos, y con una hilera de
balazos que le atravesaba el pecho de lado a lado, como
una lista roja. Yo sentía mojado el hombro y el pecho. Se
me nubló la vista. Me tapé la cabeza con las manos y me
hice bolita en el piso. Se oían gritos, insultos, y la voz del
comandante que daba órdenes. De la casa nos seguían disparando muy fuerte. De las ventanas, de los balcones, del
techo, de las puertas de abajo. Apenas se oían unos cuantos
balazos de los judiciales que les contestaban desde nuestras camionetas. Eso duró mucho rato. Media hora, una
hora, quién sabe. Uno no puede sentir el tiempo. Yo me
quedé ahí pensando en mis hijos, en mi esposo y en mi
casa. Dónde estoy, pensaba. Estoy atizando la estufa para
hacer el almuerzo, porque ya va a llegar Rogelio. O estoy
muerta, echa bola en una fosa del camposanto. O estoy en

el infierno y así pago mis pecados. O estoy naciendo otra vez, de la panza de mi madre. O estoy en la camioneta de los judiciales y estoy moribunda. Una piensa tantas cosas.

Sentí que la puerta de la cabina se abría y que alguien me jalaba de mis trenzas y me arrastraba hacia afuera. Mi cara se estrelló en el piso de tierra roja. Lo primero que vi a mi alrededor fueron botas, muchas botas y piernas de hombre. Alcé más la vista y me quedé muda. Varios hombres me estaban apuntando con rifles, metralletas, pistolas. Sentí que me daban una patada en el costillar izquierdo. Órale, cabrona, levántate. Como pude intenté levantarme, pero el dolor del golpe me doblaba. Hice un esfuerzo y me paré. Miré hacia la casa. No se veía a nadie. Pensé correr y vi el camino por donde habíamos llegado y miré hacia... pero cómo correr, adónde. Estaba rodeada de más de veinte hombres que me miraban como enojados, con los ojos rojos, con odio, como si yo fuera una enemiga. Si los volviera a ver podría reconocer a muchos. Todos eran morenos, bueno, no todos, había uno güero. Llevaban bigotes gruesos, grandes; otros una barba de varios días. Usaban camisas de cuadros, de esas vaqueras del otro lado, y chamarras de piel. Cómo correr. Miré hacia la camioneta. Dos de ellos movían a Teófila y al chofer y los esculcaban. Otros fueron saliendo de la casa, de los cuartos de los peones y de la huerta. Vi al comandante tirado cerca de una llanta de su camioneta. Y vi cómo varios de esos hombres se fueron acercando a los judiciales del Madroño y les fueron disparando uno por uno un tiro en la cabeza. Se los daban aquí, en la nuca. Si estaban boca arriba los volteaban con la punta de la bota. Si estaban arriba de las camionetas subían y ahí mismo les daban el balazo, acomodándoselos bien, con una calma que parecía que lo hacían con gusto, sin prisa. Me van a matar. Me tapé los ojos para no ver. Me van a matar. No debo ver lo que hacen para que no me maten. Me voy a tirar al piso. Me voy a dejar caer porque me van a matar. No quiero morir parada. Aflojé las piernas y me dejé caer, boca abajo, para no ver cuando me dispararan. Pinche vieja, oí que decían.

18

Qué hacemos con ella. Chínguenla. Me preparé para morir. Pensé en mis hijos, en los dos grandes y en los tres chicos que dejé en Los Táscates. Matilde los criará. Pensé en mi marido. En dónde está. Por qué no viene a ayudarme cuando más lo necesito. En mis papás que viven en Obregón, en mis hermanos que están en el otro lado. Y empecé a pensar en el Cristo Crucificado que tengo en la cabecera de mi cama. Es un Cristo muy antiguo, que era de mi abuelito. Quise que esa fuera la última imagen que yo tuviera en esta vida, antes de morir. Eso me salvó. Súbela a la camioneta, oí que gritaban. Me arrastraron y me echaron como un bulto en una cámper que estaba bastante lejos, escondida detrás de una lomita.

Sentí cuando la camioneta se movía y escuché los motores de varias más, no sé de cuántas, que se nos juntaban y nos seguían. Íbamos muy rápido porque la camioneta brincaba mucho por las piedras y las zanjas del camino. No sé cuánto caminaríamos, pero debió ser un día o más, día y noche, quién sabe. Hubo ratos en me quedé dormida, hecha bola en el piso, para no pensar y para despertar en mi casa. Oí el ruido de un tren y el silbato de la máquina. Oí ruidos de carros y voces de gente, como si hubiéramos llegado a una ciudad. La camioneta daba vueltas y se detenía varias veces. Hasta que abrieron la puerta del cámper y me sacaron.

Era de noche. Me jalaron por unas escaleras y luego por un pasillo largo, lleno de puertas cerradas, hasta un cuarto que atravesamos, y luego otro pasillo hasta otro cuarto más chico, sin ventanas. Me sentaron en un banco y prendieron un foco que me daba en la cara. Me hacían muchas preguntas que yo no entendía. Que cuánta gente andaba conmigo. Que cuál era mi verdadero nombre. Que cuántos campos teníamos. Que en qué ciudades teníamos propiedades. Que dónde teníamos el dinero y las armas. Que a quién conocíamos en la policía y en el gobierno. Que desde cuándo era yo jefa de la banda. Que dónde escondíamos la droga. Que si conocía al procurador y al gobernador y a no sé cuántas personas. Que si nos visitaban. Yo nomás decía No sé. No. No sé. No. No sé. No. Qué más podía decir. Hubiera podido decirles lo que querían oír, pero no se me ocurría nada. Siempre he sido muy tonta para contar mentiras. No sé inventar. Me pegaban en el estómago. No. No sé. Me metían la cabeza en el agua. No. No. No sé. Me echaban soda en las narices. No sé. No. No. Me desmayé dos o tres veces pero me despertaba con los baldes de agua. No. No sé. No. No. Eso sí no me hicieron. No me violaron. Me tuvieron respeto. O a lo mejor no les gusté. Yo nunca he sido bonita. Y estoy tan flaca. Me sacaron de ahí y me llevaron a una oficina con ventanas y escritorios. Había una mesa grande y varias sillas. Ahí me sentaron en una. Me pasaron unos papeles. Firma aquí. No me moví. Que firmes. No sé firmar, les dije. Que firmes, hija de la chingada, me gritaron al tiempo que me tiraban al piso de un puñetazo. Ahí me quedé sin moverme. Me levantaron entre dos y me volvieron a sentar en la silla. Me pusieron la pluma en la mano derecha. Soy zurda, les dije. Me cambiaron la pluma y me acercaron el papel. Ahí no. Aquí. Las lágrimas no me dejaban ver. Aquí, pendeja, aquí. Me acomodaron la mano y empecé a poner mi nombre. Cómo ponerlo bien si no tuve escuela, si apenas llegué a tercer año. Como pude lo fui escribiendo. D-a-m-i-a-n-a-C-a-r-a-v-e-o. Letra por letra, tratando de dibujarlas. Firma acá otra vez. Me pasaron otros papeles y volví a poner mi nombre. Luego me llenaron el dedo gordo de tinta y me hicieron poner la huella en todas las hojas, como diez o doce. Se llevaron los papeles y llenaron la mesa de armas, rifles, cuernos de chivo y muchas cajas de parque. Luego me acercaron una metralleta. Toma, agárrala. Escondí las manos. Un hombre me jaló de las trenzas y me dobló la espalda sobre el respaldo de la silla. Sentí que se me quebraba la espina. Cógela. Adelanté los brazos y la cargué como a un chiquito. Así no, pendeja. Y me la pusieron de otro modo, agarrando la cacha con una mano y poniendo el dedo en el gatillo, como si fuera a disparar. Entonces entró mucha gente y empezaron a retratarme. Las luces no me dejaban abrir bien los ojos. Yo volteaba la cara para otro lado, pero luego me la enderezaban.

Mi fotografía salió en los periódicos. Yo guardo unos recortes que me llevó mi comadre Romualda, que fue un domingo a visitarme al Cereso, con mi ahijado Lico. No sé ni para qué los guardo. Mira, aquí los traigo. *Golpe al narcotráfico: 24 muertos y 9 heridos. Enfrentamiento entre narcos y la Policía Judicial Federal. Masacre en el rancho de Yepachi, nido de narcos. Judiciales federales contra judiciales del Estado: ganaron los federales. Capturaron a Damiana Caraveo, cabecilla de una banda de narcos.* Me contó mi comadre Romualda que la gente del Madroño que ayudó a recoger los cadáveres de Yepachi vio algunos peones en la puerta de la sala y en la ventana de la cocina, también con armas. Que hallaron a dos de las tarahumaras entre la pastura de las vacas y a otra en el gallinero sacando los huevos. Que mi cuñado Rómulo estaba en paños menores cerca de una ventana, en uno de los cuartos de arriba. Que sí. Que sí tenía sus armas en la mano, como si hubieran estado disparando. Que doña Filomena, mi suegra, y su hermana Benigna, estaban hincadas en el piso, con la cabeza y los brazos apoyados en la cama, con sus rosarios en la mano y los balazos en la espalda, como si las hubieran sorprendido rezando. Que Felícitas, mi concuña, estaba con el chiquito en brazos bajo la mesa de la cocina. Que Lila, una sirvienta, estaba en el pasillo entre la cocina y las recámaras, en puro fondo y descalza. Que mi hijo Rogelio estaba con unos peones cerca del corral de las vacas, con los botes de aluminio en la mano. Que uno todavía estaba lleno de leche. Que mi hija Asunta estaba en el excusado de atrás de la casa, el que usan los peones. Y que mi marido Rogelio estaba muerto junto a un caballo en la trinchera de atrás, que parecía que lo iba a ensillar porque la montura estaba en el piso. Que ni siquiera desenfundó su pistola porque tenía todas las balas completas. Dice mi comadre que encontraron cinco cadáveres enterrados en la huerta que está cerca de la noria.

Que eran cuerpos desnudos, envueltos en bolsas de plástico, que por acá ni se conocen, con heridas en todas partes,
como si los hubieran golpeado mucho. Yo me pregunto de
dónde saldrían esos cadáveres y cómo llegaron hasta allá. A
esa huerta sólo entraban mi suegra Filomena y su hermana Benigna a cuidar sus rosales de California, sus geranios
colorados, sus madreselvas y sus plúmbagos, tan azules, y
las mujeres de la casa a regar los árboles y los veranos que
sembraban.

Hay dos versiones de esto que pasó esa mañana en
Yepachi. La de los federales que salió en los periódicos y la
mía. La de ellos es ésta: que fueron a Yepachi a aprehender
a un grupo de narcotraficantes dirigido por mis dos cuñados que se habían escondido en el rancho. Como si vivir en
su casa de uno fuera esconderse. Que los federales llegaron
de noche pero esperaron a que amaneciera para cercarlos.
Que la gente del rancho se dio cuenta y opuso resistencia
y les empezaron a disparar desde la casa. Que cuando ya
los estaban rindiendo, llegó la mujer de uno de ellos, o sea
yo, con varios policías judiciales del Estado que eran sus
cómplices y que rodearon el rancho y empezaron a disparar
para rescatar a los sitiados. Que la Policía Judicial Federal se
vio a dos fuegos, pero como eran más y mejor preparados,
pudieron acabar con los de adentro y con los de afuera. Que
lograron capturar viva a la peligrosa Damiana Caraveo, se
imagina, con esta pinta que tengo, qué peligrosa seré, quien
viéndose perdida quiso quitarse la vida, pero erró el tiro y
se hirió en el hombro. Que en la casa se encontró un arse-
nal de armas. Que encontraron en terrenos del rancho una
pista de aviación clandestina. Que los establos y graneros,
en vez de tener pastura y semillas estaban repletos de mariguana. Y que encontraron un cementerio clandestino con
cadáveres de agentes federales desaparecidos, entre ellos un
americano o chicano, sabrá Dios, yo qué sé. La versión mía
de lo que pasó en Yepachi para qué la cuento, qué caso tiene. Quién me la va a creer.

Damiana se quedó en silencio. Muy lejos se veían, entre las barrancas, las luces de Santa Rosa. Entonces, recordé las razones del viaje.

LAS RAZONES DEL VIAJE

Vine a Santa Rosa por dos motivos. Pide vacaciones. Un mes acá se te va a pasar volando. Podrás descansar, dormir a gusto, sin los sobresaltos de México, esa ciudad terrible, y tendrás tiempo para escribir, tranquilamente, en la calma del pueblo, eso que me contaste que tienes que hacer, pero que no te sale, me había escrito mi madre. Cuando tengo un problema, como ese de que no me brotan las palabras ni el sentimiento, vengo a Santa Rosa, y aquí, donde no hay luz eléctrica ni teléfono, puedo encontrar los fantasmas que se vuelven personajes y los rumores que se convierten en argumentos. Basta ir al río y escuchar a las lavanderas cuando tallan con amole y zoco su ropa sucia en las lajas azules; o a la plaza, con los mineros viejos que trazan túneles y deslindes en el suelo y sueñan despiertos con bonanzas que van a llegar; o meterme al billar a ver cómo las bolas chocan sobre el paño verde y rompen el aburrimiento; o subir al Salón Plaza, en las noches de fiesta, a bailar la vista, siguiendo a los danzantes que se mueven al ritmo de polkas y redovas.

Antonio Aguilar, El Último Charro Cantor, me pidió le escribiera una película. Mi canción, "Triste recuerdo", con tambora sinaloense, me dijo, se está escuchando en todas las estaciones de radio de la frontera, de Los Ángeles y de Chicago. Ya no volveré a cantar con mariachi, sólo con banda. Me la piden en los palenques y en las plazas de toros donde presento mi espectáculo. Mis guionistas son de ciudad, por eso no pueden escribir esta historia. Usted es de un pueblo serrano del norte y debe saber cómo siente la gente del campo, cómo quiere de verdad y cómo es capaz de morir por un amor. Quiero una película como aquellas que hacía el Indio Fernández, con hembras de a deveras y con hombres de a caballo que cabalguen por calles empedradas, muy callados, bajo la lluvia, y que una mirada suya hacia un balcón abierto baste para prender una pasión que los haga pasar tres días borrachos bajo un sabino, nomás tomando y escuchando a la banda. Ya tengo apalabrada a Helena Rojo para que sea mi amante, porque ella tiene que estar casada con otro, que va a ser este actor, cómo se llama, Manuel Ojeda, para que ella, cuando me conozca y me pruebe, no quiera abrirle las piernas a su marido, aunque le pegue, la deje sin comer y la arrastre por la hacienda. Hay que meter a Chelelo en el asunto; usted lo conoce, Eleazar García, mi amigo y acompañante de siempre. Hágale un campito ahí y póngale a decir sus chistosadas o vístalo de mujer para que se muera de risa el público. Es que es tan ocurrente el Chelelo. Quiero estar filmando dentro de dos meses, porque es cuando tengo un mes libre entre mis presentaciones en Puerto Rico y mi gira por Sudamérica. Póngase de acuerdo con Mario Hernández, mi director, que fue quien me dio su teléfono y me habló de usted. Él le dará los nombres de los otros actores que ya contrató. ¿Ya escuchó "Triste recuerdo"? *El tiempo pasa y no te puedo olvidar, te traigo en mi pensamiento, constante, mi amor...* Le voy a mandar ese casete y algunos otros porque quiero que meta también "Ánimas, que no amanezca", "Anillo grabado", "Que me entierren con la banda", "Por una mujer casada", "Albur de amor" y "Bonita finca de adobe". Ahí usted las acomoda al argumento. Y quiero que en la última escena, Helena y yo nos huyamos sobre mi caballo blanco, en medio de la noche, bajo un cielo enorme, lleno de nubes, y la luna como queriendo salir, mientras se escucha, llenando la pantalla, *El tiempo pasa y no te puedo olvidar.*

Eso me dijo, en su casa, mientras mirábamos sus caballos. Por eso estoy aquí, desde ayer, intentando escribir. Los muertos del aeropuerto y la masacre de Yepachi no pueden ser una película de canciones, pero de Santa Rosa surgirá la historia. Llegamos anoche. La luna estaba alumbrando y en este pueblo minero, fantasma, como de plata, parecía que no había un alma. Sus siete calles vacías. Sus nueve callejones oscuros. Los álamos de los arroyos, vigilantes silenciosos, proyectaban las sombras de sus brazos secos. En la plaza sólo estaba encendida la luz del restaurante de Marta. En una banca vimos un borracho durmiendo. En los puentes no había gente. Tres caballos blancos tomaban agua en el arroyo y alzaron la cabeza cuando pasamos a su lado. Quien viera tanta tranquilidad a esta hora, creería que este es un pueblo tranquilo. Pero sólo está tomando un respiro para levantarse mañana. Apenas entramos a la calle de enmedio, mi calle, vimos una luz en el balcón de nuestra casa. Es tu madre, nos está esperando. Ahí estaba, al pie de la escalera, alumbrándonos con una lámpara de petróleo. ¿Por qué se tardaron tanto?, fue su saludo. Dejen todo en la troca, mañana desempacan, porque la cena se les está enfriando. ¿Quieren cerveza o un tequila para el cansancio? Ya dijiste, le reclamó mi padre, pero primero saluda al chamaco. El chamaco soy yo, de 39 años, y chamacos son mis cuatro hermanos, bastante creciditos, que viven en Chihuahua, para que no se pierdan aquí, donde ya no hay moral ni decencia y no se distinguen ni el bien ni el mal. Por eso mis padres sólo nos aceptan de vacaciones. Te arreglé la huerta, dice mi madre. Debajo de los granados te pondré la Smith Corona de tu abuelo, ya que tanto te gusta ese vejestorio de máquina. Y voy a colgar de la lima una hamaca para que descanses. Si te da sed puedes cortar limas o toronjas. Ahí nadie te va a molestar. Sólo te acompañará el Pirata para que te cuide, porque el otro día vi una víbora entre la hojarasca. A mí no me gustan los perros, me dice, pero éste me lo regalaron unos narcos que me pidieron limones y no pude negarme a recibirlo. ¿No encontraste a tu tío Lito en el camino?, me pregunta. Se fue en la tarde en su troca a buscar a tu primo Julián, que desde antier anda en un baile en Memelichi, con dos policías. Marcela su mujer está preocupada porque no ha vuelto. Qué le va a pasar al presidente municipal, le dice mi padre. Es que hace unos días anduvo gente sospechosa preguntando por él, le comenta mi madre. Y tú qué te preocupas, le reclama mi padre, ni que fuera tu hijo. Tiene mi sangre, es mi sobrino, dice ella y se va a instalar a Damiana y al Ventarrón en los cuartos de la huerta, donde hospeda a las visitas. Luego vino a verme a mi cuarto y, sin consultarme, apagó la luz. Mañana será otro día, dijo en lugar de las buenas noches y se fue.

Anoche dormí mal. Desperté a cada rato, con miedo, pero no sé de qué, si estoy en mi casa, en mi pueblo, con mis padres. Date una vuelta por la plaza, mientras, para que saludes a la gente, antes de encerrarte en la huerta a escribir, ordenó mi madre. Obedecí, crucé el puente de madera tendido sobre el río que nace en las minas de la Unión y comunica mi calle con la otra banda, luego subí al quiosco que se encuentra en el centro de la plaza. Ahí, en el segundo piso, los músicos de viento tocan sus canciones que se escuchan en todo el pueblo. Desde ahí vi a Damiana Caraveo que entraba a la Presidencia Municipal a buscar al presidente con toda seguridad. Desde el quiosco se veían casas nuevas colgadas en las laderas de los cerros y gente desconocida en las calles. Junto a la iglesia de Santa Rosa divisé una casita de madera hecha con tablones viejos que tenía un anuncio de Coca-Cola y otro de cigarros Faros. Fui hasta allá a tomarme un refresco.

Deme una soda de toronja, le dije a una mujer desconocida que estaba adentro. Me la dio, mirándome de lado, como con pena. Se veía intranquila mientras completaba el cambio de mi billete. El refresco estaba caliente. ¿No es usted investigador?, me soltó de pronto. Le contesté que no. Es que me contaron que había llegado un forastero preguntando cosas. ¿Cuánto cree que cueste un detective privado de esos que se anuncian en las revistas? Le dije que no sabía. ¿Usted conoce alguno? No, contesté. ¿Serán caros? Quién sabe, respondí. Es que me gustaría contratar uno, porque necesito encontrar a una persona. Se quedó pensativa un momento. ¿De casualidad no conoce usted a José Dolores Luna? Jamás había escuchado ese nombre. Yo creo que sí lo conoce, pero no se acuerda, insistió. Usted estuvo en las fiestas, ¿verdad? Las fiestas del tercer centenario del pueblo, hace seis años, dijo, esperando que yo le contestara afirmativamente. Sí, por acá anduve, reconocí. Ella sonrió. ¿Ya no se acuerda de mí? La miré con detenimiento. Usted estuvo en mi coronación. Yo soy Jacinta, Jacinta Primera.

JACINTA PRIMERA

Sí, yo soy Jacinta Primera, La Reina. Pero esta reina de ahora no es la misma de entonces. Antes era La Reina. Ahora sólo me dicen reina para burlarse. Esta que ve usted aquí en persona es y no es la misma. No soy la que usted conoció como Jacinta I Reina de las Fiestas del Tercer Centenario, ¿se acuerda? Aquellos festejos de los trescientos años de la fundación de este pueblo. Ah, cómo hizo borlote Julián con ese aniversario. Comités, reuniones, bailes, la Banda Sinaloense El Recodo, el palenque, la feria, y hasta trajo aquella artista muy buena que apenas empezaba, la cantante de ranchero, cómo se llamaba, la Acihua, sí, ésa. Qué voz de mujer, ¿no? y qué presencia tan fuerte. Qué se habrá hecho. A veces prendo el radio con la esperanza de escucharla pero no, no la han de haber descubierto todavía. Pues sí, yo soy aquella reina del Tercer Centenario, la primera reina de este pueblo. Soy y no soy. Soy en parte. Apenas han pasado seis años, pero así es el tiempo, va cambiando a las gentes. Quién iba a imaginar que también este pueblo cambiaría tanto. ¿Se acuerda? El aroma de los azahares en la plaza, la gente en el baile, bailando sin pistola y sin sombrero, los borrachos peleándose en el arroyo a mano limpia, no con armas; los niños jugando en la alameda, las tiendas abiertas, llenas de gente de los ranchos. ¿Y ahora? Dese una vuelta por la plaza, por la calle de enmedio, por el otro lado, por los puentes. ¿A que ya no ve lo mismo? Las tiendas cerradas, la gente escondida, las trocas abandonadas en los caminos. En dónde están los hombres. Puras mujeres enlutadas y niños huérfanos. Mire estas fotografías que guardo aquí. Me las tomó el doctor Elías Holguín, seguro que usted lo conoció, el médico del Centro de Salud que estaba haciendo su servicio social aquí en la sierra, en ese entonces; con esta foto anunciaban las fiestas. Todavía quedan por aquí algunos de los pósters pegados en las tiendas, en la bodega, en los billares. Ni me parezco, ¿verdad? Dónde quedaría mi cabello. Y mi cintura de avispa. Dónde quedó mi cutis tan blanco, tan suave como la piel de los duraznos, según decían. Y aquellas mis piernas, tan lozanas, tan torneadas; y mis ojos negros con sus pestañas grandes que sombreaban mis párpados. No le miento. A usted le consta cómo era yo antes, cómo vestía, cómo calzaba. No con estos andrajos y estos huaraches de hule. Usted me conoció. Usted conoció mi sonrisa, mi sonrisa completa. En cuanto pueda me voy a poner los dientes que me faltan. Vea esta otra foto, es diferente. Es la que salía en los periódicos de Chihuahua y Sonora anunciando las fiestas. Aquí no traigo cetro, ni corona, ni capa. Creo que también me la tomó el doctor Elías, o sería Nacho Guerrero. Ya ni me acuerdo, cómo tendré la memoria. O a lo mejor no quiero recordar. Esta es la foto de la coronación. La que está a mi izquierda es la Coquis Rascón, que fue mi princesa, porque sacó el segundo lugar con el apoyo que le dieron sus primos de Témoris, comprando muchos votos, y la otra es mi duquesa, la Cayetana Valenzuela, que quedó en tercer lugar. Pobres de sus papás, vendieron dos vacas, las únicas, y todas sus chivas para sacarla reina y no llegó ni a princesa. Yo no pensaba ganar, cómo, con qué dinero íbamos a comprar votos, siendo nosotros tan pobres y mi papá trabajando de peón por despensas en la carretera; pero acepté ser postulada para ayudar a la escuela secundaria, aunque fuera con mis pocos votos, porque todo se hacía en su beneficio y cuando se trata de cooperar con algo justo, pues hay que hacerlo. Acá en esta foto se ve la gente que vino de afuera. A los de México y Estados Unidos los sentaron aparte, en un lugar de honor por venir de tan lejos. Fue una fiesta en grande, ¿se acuerda? Este es el diputado aquel, ¿cómo se llamaba? Lo tengo en la punta de la lengua, que quería bailar conmigo, pero no le acepté ni una pieza. Y este del bigote en la mesa principal es el gobernador González Herrera que me coronó después de la cena que hubo en la huerta de don Epigmenio. Vinieron los tres poderes. Aquí nunca habían llegado senadores, ni magistrados, ni gobernadores, sólo diputados en época de elecciones. Las elecciones de las reinas son otra cosa. En esto no hay chanchullos ni componendas. Además, ellas duran sólo un año y entregan el reinado a la que es electa en el siguiente aniversario, pero yo tuve que entregarlo antes, a los nueve meses, porque salí con mi domingo siete. Qué tonta, ¿verdad? Pero me casé bien, por el Registro Civil. Bueno, nos casó casi a fuerzas mi papá, más por la situación que por sus ganas.

Conocí a José Dolores en el baile principal de la coronación. Yo tenía mi chambelán, un maestro del Conafe que me andaba pretendiendo y que era el presidente de mi comité electoral, pero sólo bailé con él el primer vals, el de "Río Colorado", que yo escogí, porque allá había nacido mi abuelita. Yo había visto a José Dolores tres días antes. Lo vi desde el balcón de la Presidencia cuando pasó en su troca roja de rediles altas, seguido por dos trocas más. Quién será. Es un comprador de ganado, me dijeron. Y los de atrás son sus ayudantes o sus amigos. A mí me llamó la atención, esa vez, su serenidad y su perfil que se adivinaban por la ventanilla de la troca. Un día después lo vi en el puente con sus amigos, sentado en el barandal con las piernas abiertas, colgando. Me llamaron entonces la atención, cuando pasé por el puente, sus botas de piel de cocodrilo, su pistola y su navaja que formaba flores con la cáscara de las naranjas que estaba pelando. Después nos volvimos a ver el mero día del aniversario, en la plaza, cuando la ceremonia. Yo estaba en el templete, junto al gobernador y a las autoridades, oyendo los discursos, y él andaba en la plaza, entre el gentío. Me sonreía parado detrás de los indios uarojíos y tarahumaras que trajo Julián desde Rocoroyvo para impresionar a los forasteros. Entonces me llamó la atención su mirada penetrante que me traspasaba y su sonrisa burlona, de dientes blancos, parejos. Yo se la devolvía a cada rato. Qué reina tan sonriente, ha de haber dicho todo el mundo, porque yo estaba feliz, mirando desde arriba. Sentía la admiración de todos. Eso han de sentir las reinas de verdad. Como le digo, bailamos mucho esa noche en la Alameda. Él andaba un poco tomado, olía mucho a cerveza, pero a mí eso no me importaba. Ni me importaba que la gente hablara tanto por andar bailando con un extraño y por haber dejado plantado a mi chambelán que tanto luchó para que yo fuera reina. Esa noche, bailando una pieza, José Dolores me dijo la verdad, que antes del cómputo él había mandado comprar todos mis votos, que por eso habían aparecido tantos dólares a mi favor en la tómbola. Por qué lo hiciste, le pregunté. Me habló al oído, despacito, y me mordió la oreja. Porque quería que ganara la más bonita para bailar con ella y llevármela al monte. Y me abrazó muy fuerte. Estaban tocando "Flor del Capomo", su preferida. Cuando el baile se acabó, él y sus amigos nos fueron a encaminar, aluzándonos con sus baterías arroyo abajo, hasta la casa donde vivíamos, cerca de los dinamos, allá en la orilla; usted la ha de haber visto, una casa amarilla, frente a la huerta del Loco Manuel. En la madrugada desperté con la Banda Sinaloense El Recodo tocando al otro lado del arroyo, frente a mi casa, "El sauce y la palma", que a mí me gustaba mucho porque se me figuraba que él era el sauce y yo la palma. Mi mamá, mis primas que se quedaron a dormir esa noche para quitarme el traje de reina y mis hermanos, tengo cinco menores que yo, nos levantamos y miramos por las ventanas, pero no lo veíamos porque estaba con sus amigos adentro de la cabina de la troca roja a la orilla del camino, hasta donde pudo acercar el mueble. Sólo mi papá se hizo el dormido y no salió de su cuarto. Métete ya o mañana te vas a ver desvelada y fea, me dijo mi mamá, y a la gente no le va a gustar que su reina ande así, qué dirán. Me taparé las ojeras con maquillaje, le contesté y seguí mirando. El Loco Manuel salió de su huerta y se puso a bailar solo en el arenal con la música de viento, mientras los perros de la casa ladraban asustados con tanto mitote. Así nos amaneció. José Dolores se quedó los ocho días que duraron las fiestas. Se la pasó tomando y haciendo bailes para mí. La gente hablaba. Decían que me daba mal lugar y que estaba dejando en descrédito al pueblo, pues yo era su representante, como los presidentes, como los diputados, pero una es tan tonta que no se fija en esas cosas. Mi papá me regañó varias veces pero yo ni en cuenta.

Un día José Dolores me salió con que se iba para Mexicali porque él era de allá, bueno, eso decía, pero no tenía familiares ni nada, sólo amigos. Dijo que iba a trabajar un tiempo exportando ganado y que después regresaría para pedirme a mis papás y casarnos. Que si me gustaría vivir en Mexicali o en Tijuana. Yo le contestaba que en cualquier parte, con tal de estar con él, pero no muy lejos de aquí, para venir a ver a mi familia. La víspera de su viaje, anduvimos juntos todo el día muy tristes, en su troca. En la noche, nos fuimos al campo de aviación. Desde la cabina veíamos el pueblo lejos, lleno de lucecitas, como si fuera un nacimiento. Y tomábamos cerveza. Bueno, yo era la que tomaba cerveza, él sólo bebía Don Pedro, así, sin vaso, de la botella, y cuando me besaba me pasaba pequeños tragos de su boca. Ahí, abrazados, mirando el cielo, la luna, los cerros altos y el caserío de techo de lámina que parecía de plata, nos juramos amor para siempre. Hasta el aroma del monte era diferente y hasta el ruido de los animales no sonaba igual. Las cervezas que tomé tuvieron mucho que ver en todo, porque en ese momento a mí ya no me importaba nada, nomás me iba llenando de gusto y de un calor suavecito, así, cómo le diré, así, como debe ser la felicidad. Y lo que tenía que pasar pasó, ahí adentro de la cabina de la troca roja, con las puertas abiertas, porque él es muy alto y no cabíamos. Pero cumplió lo que dijo. A los tres meses ya estaba de vuelta con mucho dinero, dólares principalmente. Yo no sabía si decirle o no. Porque pensaba que José Dolores podría creer que quería atraparlo. Pero me armé de valor y se lo conté. Se quedó pensativo, luego me abrazó. No quiero un hijo natural, sufren mucho; vamos a casarnos, me dijo. Y habló con mi papá. Cómo sé que usted no es casado, le reclamó. Le puedo traer comprobantes, le contestó. Lástima que no haya teléfono para Mexicali, dijo mi papá. Pero hay telégrafo y usted puede pedir informes de mí, si gusta, contestó José Dolores. Nos casamos en la Presidencia y luego en la tarde hubo un brindis en mi casa, para qué hacer fiesta ni nada. Él mandó matar una vaca que hicimos barbacoa y nomás invitamos a los puros familiares y a los amigos de él, que nunca se le separaban. Recuerdo todo y me pongo chinita. Han sido los días más felices de mi vida.

José Dolores se portó muy bien con mi familia. Compró aquella casa de alto, la de los balcones azules que está frente a la plaza, y se la regaló a mi mamá, para que él y yo tuviéramos un lugar adonde llegar cuando viniéramos de visita. Nos cambiamos luego a esa casa. Mi papá no quería. Y ahí vivimos con mi familia tres meses, sin salir mucho, porque apenas teníamos tiempo para querernos. José Dolores a veces agarraba para el río o para El Mirasol a sus negocios, o sea a tratar ganado que mandaba a la frontera; o se iba con sus amigos para La Cumbre o para Jicamórachi en su troca, porque ya había carretera hacia allá, de tierra, pero había. Cuando se me empezó a notar mucho el estómago, pues hablé con el presidente municipal y le entregué la corona, el cetro y la capa, en fin, el reinado, y después en un baile, al que no fui para que no me vieran la panza, el presidente le pasó las cosas a la princesa, que se convirtió en reina. Y la duquesa recibió la coronita de la princesa, porque así se usa, y la duquesa, que no lleva corona sino un pequeño tocado, se lo pasó a su hermana menor, porque en las elecciones no hubo cuarto lugar ni suplentes. Descansé cuando se arregló lo del reinado, pero de todas maneras la gente habló mucho. Después de que nació la primera niña, qué mala suerte pues él quería niño, José Dolores me puso casa en Hermosillo, amueblada de todo a todo, me compró una troca nuevecita, automática, y me enseñó a manejar para que yo hiciera mis compras. Me abrió una cuenta de inversiones y una de cheques en el banco y pues me ayudaba mucho. Qué días pasamos entonces. Tan luego nos íbamos a Mazatlán, a una casa en la playa que tenía allá, con alberca y dos lanchas de motor, como a Tijuana, a una casa en el mejor fraccionamiento residencial, con un billar en el sótano. O nos íbamos a su rancho cerca de Nogales, lleno de ganado fino, pasto artificial y con casa para los peones. A veces yo pasaba temporadas sola en Hermosillo con mis dos niñas, ya había nacido la segunda, porque él se iba a sus asuntos a Culiacán o a Mexicali. Entonces mandaba una avioneta especial de Navojoa hasta el pueblo para que mis hermanos y mi mamá fueran a verme. Mi papá nunca quiso visitarme. Todo lo veía mal. Ideas de viejo, por su edad. Pasaron tres años desde mi coronación y un día que vine al pueblo me empezaron a contar de la mafia y de todo, pero yo no creía nada. Sí, notaba que el pueblo ya no era el de antes. Como que se veía más movimiento, más dinero, más progreso, usted sabe, mucha gente desconocida. Y mi papá seguía enojado conmigo, apenas si me hablaba. Una vez, José Dolores andaba muy serio, como preocupado, como si estuviera enojado, pero no conmigo. Para que se le pasara aquello, se le ocurrió que nos viniéramos unos días acá, a descansar, y para que las niñas, ya teníamos tres, conocieran las fiestas del aniversario, con los juegos y todo. Viajamos con sólo dos de sus ayudantes. No pudieron ir a esconderse a otra parte, me dijo mi papá. Venimos a divertirnos, no a escondernos, le contesté.

Serían las diez de la mañana y todavía no nos levantábamos de la cama José Dolores y yo, que dormíamos solos, como recién casados, cuando tocaron la puerta de la calle. Una de las sirvientas, de las que José Dolores le puso a mi mamá para que no batallara, fue a abrir. Ni nos dimos cuenta de lo que pasaba afuera. Yo nomás oía pasos que subían y bajaban la escalera. Hasta que mi mamá nos tocó la puerta. Yo abrí. Afuera está una mujer armada que viene buscando a José Dolores, dijo. José Dolores se levantó, se puso la trusa, porque le gustaba dormir conmigo bichi, así, sin nada, y se asomó al balcón. Fui tras él. En la calle estaba mi papá con una mujer como de cuarenta años, de pelo güero, pintado, alta, gordita, nada fea, pero sí con una cara muy rara, como de esas caras que son jóvenes a fuerza. Mire señora, le decía mi papá, si las cosas son como usted dice, yo no la pongo en duda, pero sí quiero que sepa que este hombre se presentó aquí como soltero, por eso aceptamos su matrimonio con mi hija. De esas actividades que usted dice tampoco sabemos nada. Aquí llegó hace cuatro años como comprador de ganado y hasta donde sé, esa es su ocupación. Si tiene otra y esa es sólo una apariencia, pues allá él y la ley. Entre, búsquelo, hable con él. Tóquele a su puerta. Duerme en esa recámara de arriba, la de la ventana verde. Pase usted. Y el bárbaro de mi papá que le franquea la puerta. José Dolores estaba pálido y temblaba, no sé si de coraje o de miedo. Déjame arreglar esto, me dijo. Vete al cuarto de tu mamá y enciérrate ahí con las niñas.

Me contaron las sirvientas que la mujer subió despacio las escaleras, con la pistola en la mano, mirando a todos lados, con cierto miedo. José Dolores, José Dolores... dicen que gritaba. Buscó en la cocina, en el comedor, en la sala y en dos de las recámaras de mis hermanos, mientras José Dolores se vestía y cargaba su pistola. Cuando ella abrió la puerta de nuestra recámara, él ya tenía las botas puestas y la pistola en la mano. No vayas a hacer aquí una pendejada, vamos para afuera, le dijo él. Y los dos bajaron las escaleras, salieron a la calle y se metieron a la cabina de la troca roja, yo nunca quise que José Dolores la cambiara por una nueva, por el recuerdo, usted sabe. Ahí estuvieron hablando como más de una hora.

Desde la casa no se escuchaba lo que decían. Por el cristal de la troca sólo se veía que alegaban, que manoteaban, que fumaban, que ella lloraba a veces. En un momento ella sacó su pistola y se apuntó en la frente, como para matarse, pero él se lo impidió; entonces ella le apuntó, pero él le pegó unos puñetazos en la cara hasta que la desarmó. Quién sabe qué hablarían o a qué acuerdo llegaron. Sólo vi que ella tenía la cara llena de sangre por los golpes y que él le hablaba, mirándola muy feo. A mí nunca me ha mirado así, como una fiera, como un demonio. A lo mejor la estaba amenazando. Luego José Dolores bajó de la troca y gritó hacia el balcón que no me preocupara, que la iba a llevar hasta el tren de San Juanito para embarcarla a Culiacán. Y se fueron.

Fue la última vez que vi a José Dolores. Que lo vi en persona, quiero decir, porque de día y de noche lo traigo metido en el pecho y en la frente, y oigo su voz gruesa que me dice: No se desespere, mi reina, aguánteme un poco más. Y a veces, siento sus manos aquí y acá que me tocan, y sus brazos fuertes apretándome, y su aliento en la nuca y en el cuello. La Saurina me echó los caracoles. Dice que lo vio subiendo a esa mujer al tren y que él se quedó en la estación hasta que la máquina se perdió rumbo a Los Mochis. Que luego se fue él solo a una cantina y que al salir de ahí lo aprehendió la Judicial Federal y le confiscó la troca roja. Si él se hubiera llevado a sus ayudantes no le pasa esto, quién se lo manda. No sé cómo no le eché en la troca sus cuernos de chivo para que cuando menos se defendiera, no que así, con su pura pistola, qué iba a hacer el pobre. Yo no me quedé con los brazos cruzados. Lo anduve buscando en la penitenciaria de Chihuahua y en los Ceresos de Ciudad Juárez, Culiacán y Hermosillo. Fui a dar hasta Mexicali y Tijuana, pero nadie me dio razón de él. Compré los *Alarma* y los *Alerta* y cuanto periódico hablaba de narcos, para ver si salía alguna noticia, y nada. Antes de volver aquí, me fui a Hermosillo, a darle una vuelta a mi casa. No pude ni llegar. La encontré rodeada de judiciales y mejor ni me acerqué. Fui al banco y las cuentas estaban recogidas por el gobierno. Volví aquí

y me encontré con que hasta acá habían pegado los judiciales. Maltrataron a mi familia y buscaron por toda la casa,
revisaron cuarto por cuarto y levantaron la madera del piso
de algunos cuartos. Con decirle que hasta escarbaron en el
corral de las vacas y en los gallineros. Mi mamá pudo esconderse a tiempo en el monte con las niñas, por eso no les hicieron nada. A mi papá, que les plantó frente, lo golpearon
mucho y a mis hermanos también, para que dijeran dónde
estaban las armas, el dinero y la yerba. Tuvo que intervenir
el presidente municipal para que soltaran a mi papá, que
desde entonces ya no puede caminar; lo dejaron como un
Santo Cristo. A mis hermanos no tanto, aunque todavía les
quedan las cicatrices. Mi papá decidió volverse a su casa,
que nunca quiso vender, y yo tuve que ponerme a trabajar
para mantener a mis tres chamacas, que ya tienen seis, cinco
y cuatro años. Julián, el actual presidente, me ayudó con este
puestecito, donde vendo cigarros, sodas, burritos, café y lo
que sea para ayudarme un poco. El presidente es muy buena
gente. Se portó muy bien conmigo, sin que yo se lo pidiera.
Él va a mandar a mis hijas a un internado en Hermosillo y
me va a ayudar para que compre la tienda de Lydia Banda
que están traspasando. ¿Se imagina? Yo, de comerciante en
grande. Por eso me urge hablar con él hoy mismo, pero no
está en Santa Rosa, para cerrar el trato, porque hoy se me
cumple el plazo y si no, ya ve cómo es la gente, con tal de
hacer el mal. La gente es muy habladora. Yo no hago caso
de lo que dicen. Como era muy bonita y como fui reina y
también muy afortunada, todavía les dura la envidia, sobre
todo a las mujeres. Dicen que yo me meto con sus mari-
dos para sacarles dinero. Puros infundios. Ojalá que estas
calumnias no lleguen hasta donde se encuentra José Dolores,
porque si se entera no va a querer volver. Lo que me deses-
pera es no saber dónde está. Lo matarían o lo tendrán preso,
incomunicado. No sé. ¿Por qué no me escribe unas letras siquiera? ¿Está seguro que usted no lo ha visto, de casualidad?
Mi mamá piensa que está en Costa Rica, ya ve que todos
se van para allá. Me dice que no me desespere, que si José

Dolores me quiere, volverá. Yo creo que sí. Si José Dolores está vivo, regresará por mí y por mis hijas. Recuperará sus cosas y todo va a ser como antes. Aunque no sé si me vaya a querer igual. Usted, ¿cómo me ve? ¿Estaré muy cambiada? Mejor no lo diga. Ya no queda ni sombra de aquella reina, ¿verdad? Sólo el nombre mal puesto, porque esta reina, esta Jacinta Primera, ya se marchitó, como la palma. Pero para qué me preocupo ahora por lo que va a venir. El tiempo lo dirá, ¿no cree usted?

Jacinta se quedó mirando, muy triste, la carretera de las Vueltas Largas que baja del cerro Azul, y yo me fui a la casa pensando en ella y en la desaparición de Julián.

LA DESAPARICIÓN DE JULIÁN

Es mi tercer día aquí. Anoche estábamos cenando en el comedor, ya tarde, cerca de las once, con tres gambusinos, socios de mi padre, quienes andan denunciando lotes y minas caducas, porque dicen que va a venir una compañía canadiense y que el fomento minero va a poner un molino. Están invirtiendo más de lo que sacan y eso no es negocio, les dije. Pues qué no sabes lo que es una mina, mijito, respondió mi padre. No has oído decir a la gente, cuando está perdiendo dinero en algo: Esto es como un barril sin fondo, como una mina que se traga el dinero. Tú no entiendes de minas. Iba a rebatirlo cuando en eso entró Marcela, la esposa de Julián, mi primo, el presidente municipal. Apenas dijo Buenas noches cuando mi madre le notó algo en la cara y se levantó. Pásale para acá, le dijo, y abrazándola la condujo a la cocina. Se lo llevaron, Rafaela, se lo llevaron, alcanzamos a oír que gritaba, al cerrarse la puerta. Mi padre despidió a los mineros y entramos a la cocina. Cálmate, Marcela, contrólate, le pedía mi madre, en tono fuerte. ¿Qué pasó? Marcela hablaba entre el llanto. Me acaban de avisar que encontraron la troca de Julián en Memelichic, abandonada a un lado del camino. Estaba abierta y había manchas de sangre en el piso y en el asiento. La mujer de Filemón que vive cerca vio anoche que varios hombres golpeaban a otros tres y que los subían a una troca negra. Se los llevaron los narcos, se los llevaron. O los judiciales, completó mi madre. Pero por qué, gritaba Marcela, si Julián no ha hecho nada. Por eso, contestó mi madre. Si fuera mafioso, lo protegerían los narcos y los judiciales, pero como no ha querido entrarle a la yerba ni a la goma, quieren vengarse. ¿Y qué andaba haciendo mi sobrino allá?, preguntó mi madre, mirándola a los ojos, con dureza. Se fue a cazar venados de noche. ¿Estás loca, Marcela, o es que crees que yo estoy tonta? No se enoje, Rafaela, es que le regalaron tres metralletas AK 47 por un favor que hizo y se fue a practicar con ellas matando venados. ¿Pues de qué me quieres ver la cara, Marcela? Se lo juro, por esta santa cruz que así fue. ¿Y llevaba su credencial de presidente?, preguntó mi madre. Nunca la carga, contestó Marcela, es que tiene miedo de que se le vaya a perder. ¿Y que el imbécil de tu marido no sabe que existen duplicados? ¿Cómo cree que se van a identificar de noche y en esas carreteras? Yo no sé, Rafaela, yo no sé, repetía llorando Marcela. Estando así las cosas, vamos a esperar a que amanezca, porque ahorita no se puede hacer nada, sentenció mi madre. Se dirigió a mí. Mañana temprano te vas al radio y hablas con tus amigos abogados de Chihuahua y les dices que busquen en las dos policías, la del Estado y la Federal. Si no los tienen ahí, entonces sí fueron los narcos. Trata de hablar con el gobernador para que mande soldados a peinar la sierra. No se puede permitir que secuestren así, nomás porque sí, a un presidente municipal. Luego mi madre se dirigió a Marcela, que seguía llorando. Y tú te me vas a calmar. Deja las lágrimas para cuando te lo entreguen muerto. Te voy a inyectar un calmante. Y te vas a quedar aquí, por lo que se ofrezca. Ahorita mando por tus hijos para que estés tranquila. Hoy ya nada puede hacerse. Vamos a descansar y ahorrar fuerzas para mañana. Las dos mujeres salieron. ¿Te fijaste?, me dijo mi padre, ya decidió todo. Mi madre regresó y se dirigió a mí. Y después de que hables por el radio, si la cosa se pone mal, mañana mismo te regresas a México. No quiero que me maten un hijo. Y a mí por qué, yo qué tengo que ver, le pregunté. Me miró muy seria. Porque los judiciales y los narcos no distinguen. Yo misma te llevaré a Chihuahua. Yo lo traje y yo lo llevo, le dijo mi padre. No. Los caminos ahora son muy peligrosos y una mujer infunde más respeto y además, yo sé defenderme más que tú, porque sé más de leyes. Quién te crees que eres, le preguntó él. Te sientes Camelia la Texana o Margarita la de Tijuana. Mi padre me explicó que Camelia era la amante y cómplice de Emilio Varela y que un día salieron los dos de San Ysidro, procedentes de Tijuana, traían las llantas del carro repletas de yerba mala. Yo conocí bien a Emilio, me dijo, al que Camelia matara en un callejón oscuro sin que se supiera nada. Margarita era la novia de Julián, un traficante de Laredo. Los dos llevaban un contrabando de ese polvo tan vendido, Margarita en su peinado, ahí lo traía escondido. Pues si te descuidas, un día te voy a hacer lo que ellas les hicieron a esos hombres, lo amenazó mi madre y se fue a dormir. ¿Ahora me comprendes?, me preguntó mi padre. Imagínatela cuando era joven. No niega la pinta de su familia. Nos fuimos a dormir temprano porque ella volvió y nos ordenó que nos acostáramos.

Esta mañana fui al radio temprano, como ordenó. El radio de Chihuahua entró muy tarde, pero logré hablar a la Procuraduría, donde trabajan dos abogados compañeros míos de la preparatoria de El Chamizal. Mientras entraba la señal estuve platicando con Conrada, quien se encarga de la oficina. Me extrañó verla vestida completamente de negro, hasta con medias y velo oscuros. De niños fuimos compañeros de banca en la primaria. ¿Por qué vistes de negro?, le pregunté. Es que me cayó el luto, me dijo cortante, y se puso a revisar radiogramas, evadiendo cualquier conversación. Tres veces intentó comunicarse con Chihuahua, pero no le respondieron. Había hombres y mujeres y niños esperando. Me quedé ahí un buen rato, hasta que al fin le contestaron, pero no se escuchaba muy bien por la estática. Aunque parecía inquietarle mi presencia, me puse a escuchar los ruidos del aire.

LOS RUIDOS DEL AIRE

Chihuahua, Chihuahua, Chihuahua, aquí Santa Rosa, Santa Rosa, Santa Rosa, adelante, adelante, adelante. *Afirmativo, Santa Rosa, Santa Rosa, Santa Rosa. Te escucho. Buenos días. Buenos días, adelante, adelante.* Buenos días, Chihuahua. Buenos días. ¿Cómo siguió tu abuelita? *Muy bien, Santa Rosa, muy bien. Anoche la sacamos del hospital.* Qué bueno, Chihuahua. Qué bueno. En la casa estará mejor. Los hospitales dan tristeza. *Afirmativo, Santa Rosa. Los hospitales empeoran a la gente. Qué tienes para acá. Santa Rosa, adelante.* Cinco radiogramas y tres conferencias, Chihuahua, solamente. Adelante. *Afirmativo Santa Rosa, te escucho. Yo tengo para allá dos radiogramas y una conferencia. Adelante.* Empiezo por las conferencias, Chihuahua, para que las vayas pidiendo. A la Procuraduría del Estado con el licenciado Jorge Rodas o el licenciado Enrique Hernández. *Adelante, Santa Rosa.* Para el señor Pereyra al 16.29.06 de parte de la señora Lola Pereyra.

43

Adelante, Santa Rosa.
Para la señora Antonia Corrales del 16.01.31 de parte de su hermano Josefo.
Adelante, Santa Rosa.
Para la señora Enriqueta Manrique del 15.53.20 de Ciudad Juárez, de parte del señor Pedro Manrique.
Negativo, Santa Rosa. ¿A qué ciudad?
Ciudad Juárez. Ciudad Juárez.
Adelante, Santa Rosa.
Para el señor Filemón Banda en el 12.15.21 de Ciudad Obregón.
Adelante, Santa Rosa.
Empiezo con los radiogramas para el señor Ruperto Contreras en el 16.25.30 de su hijo Rupertito Contreras.
Adelante, Santa Rosa.
Que se traiga diez metros de manguera de una pulgada.
No se escucha, Santa Rosa, no se escucha. Madera de qué pulgada.
Negativo, Chihuahua, negativo. Diez metros de manguera para el agua, Chihuahua, manguera para acarrear agua, Chihuahua. Es todo.
Afirmativo, Santa Rosa, adelante. No. Espera, Santa Rosa. Tengo lista la llamada al señor Pereyra. Adelante.
Afirmativo, Chihuahua. Adelante. Te paso a la persona: Soy Lola, ¿cómo están todos?
Todos bien, todos bien, ¿qué se les ofrece?
Que dice mi mamá que si se hizo los análisis Bertha. Los análisis Bertha.
Que sí. Que no salieron muy bien y que le van a hacer otros.
Y que no dejen de pagar el refrendo del Monte de Piedad, para que no se pierda la esclava grande, que no se pierda.
Pues sí, pero con qué dinero, que mande algo, aunque sea.
No se escucha bien. Repitan por favor.
<u>Aquí Moris, Santa Rosa. Que dice Chihuahua que manden algo del dinero, porque no completan.</u>
Gracias, Moris, gracias. Adelante, Santa Rosa. Que si es todo, Santa Rosa.
Es todo. Saludos a todos y hasta luego.

Adelante, Santa Rosa. Tengo lista la conferencia del 16.10.31. No está doña Antonia, pero va a contestar su hija Toñita. Adelante.
A ver, Toñita. Soy tu tío Antonio, ¿cómo están todos?
No se escucha nada. Repitan por favor.
Que soy tu tío Antonio, que cómo les ha ido.
Apenas se oye tío, apenas se oye, hable más recio, más recio y más despacio.
Qué dices, no te entiendo...
Que hable más despacio, más despacio.
Pues no dijiste que hablara más recio, quién te entiende.
Aquí Ocampo, Santa Rosa. Que dice Chihuahua que hable más lento y más fuerte, para escuchar mejor.
Gracias, Ocampo, gracias.
Ya te entendí, Toñita, ya te entendí. Dime cuándo se van para El Paso.
No sé, tío, no sé. Mi mamá no nos ha dicho nada.
Dile que me espere. Que llego en unos diyitas más.
Que lo espere y que qué más.
Que llegaré en unos diyitas, porque tengo que escardar.
No le oigo, tío, que por qué se va a tardar.
Que porque voy a escardar, oístes, a escardar...
No muy bien, tío, pero se lo voy a decir.
Y que me busque las fotos para el pasaporte local, que las dejé en el tercer cajón de la cómoda azul.
Sí, tío. Yo las vi ahí el otro día, pero se mojaron y ya no creo que sirvan.
Qué bueno, Toñita, qué bueno. Que las tenga listas y que consiga las direcciones de mi tía Lucha y de mi tío Fausto en Los Ángeles, por si la migra nos deja llegar hasta allá.
Yo le digo, tío, yo le digo.
Pero, ¿ya lo apuntaste? No se te vaya a olvidar. Eres muy tonta.
No lo apunté tío, pero puse mi grabadora. ¿Qué más?
Nada más. Nada más. Saludos a todos. Hasta luego.
Adelante, Santa Rosa, tengo la conferencia a Ciudad Juárez, con la señora Enriqueta Manrique.
Adelante, Chihuahua. Va a hablar don Pedro Manrique.
Soy Queta Manrique. ¿Quién habla allá?
Tu papá, mijita, tu papá. ¿Cómo están todos?

Pues regular, papá, regular...
¿Cómo que regular? ¿Por qué me dices eso...?
Porque se murió mi padrino Cheto.
Válgame Dios, mijita y por qué no avisaron...
Te estoy avisando, papá. Te estoy avisando.
Pero con tiempo, mijita, para saber...
A qué horas papá, a qué horas, si no había radio...
¿Y qué le pasó a tu padrino, mijita, qué le pasó?
Tenía ocho días desaparecido. Sufrió un accidente en Nuevo México con otros mojados y no traía papeles ni identificación ni nada.
¿Y cómo supieron, mijita, cómo supieron?
Por los periódicos, papá, por los periódicos. Cuando fuimos a reclamar el cuerpo ya lo iban a enterrar como desconocido.
Válgame Dios, mijita. Válgame Dios. ¿Y se los entregaron, y se los entregaron?
Sí, papá, pero no estamos seguros de que sea él, porque no se pudo identificar bien. Batallamos mucho para traer el cuerpo a Juárez. El cónsul no quiso ayudar.
¿Y qué hicieron, mijita, qué hicieron? ¿Por qué no buscaron un licenciado americano?
Aquí enterramos un cuerpo que nos dijeron que era el de mi padrino, pero no estamos seguros de que fuera.
No le hace, mijita. Todo sea por Dios.
No te escucho papá.
Dales el pésame a todos, mijita. Que lo sentimos mucho. ¿Qué otra novedad por allá?
Ninguna novedad, papá. Y ustedes, ¿cómo están? ¿Cómo seguiste de la columna?
Pues aquí navegando con el dolor, mijita, navegando.
Y qué esperas para venir a darte una checada. Acá hay muy buenos médicos.
No se oye bien, mijita, no se oye bien. Repite.
Aquí Huajumar, Santa Rosa. Que dice que se vaya a dar una checada a El Paso. Que allá hay muy buenos médicos, mejores que los de Juárez.
Gracias, Huajumar, gracias. Adelante, Juárez.
¿Qué se te ofrece por acá, papá?

Saludos a todos y no se te olvide el pésame. Pobre de tu padrino, con tantas ilusiones que se fue al otro lado.

Navojoa, Navojoa, Navojoa, aquí Mulatos, Mulatos, Mulatos, contesten.

Chihuahua, Chihuahua, aquí Santa Rosa, se está metiendo otra frecuencia.

La escucho Santa Rosa, la escucho, pero a ti te sigo oyendo bien.

Mulatos, Mulatos, Mulatos. Aquí Navojoa, Navojoa, ¿qué se ofrece?

Sigue hablando, Chihuahua, sigue hablando, hasta que salgan. Esta frecuencia no es de ellos.

Navojoa, Navojoa, aquí Mulatos. Que avisen que la siembra ya está lista. Que la vengan a recoger.

Adelante, Santa Rosa, sigue hablando, no ha terminado la conferencia de Juárez.

Les avisaremos, Mulatos. ¿Qué más tienes?

Sigue hablando, Chihuahua, para que se callen, si no, nos van a seguir molestando.

Mira Navojoa, que traigan comida, que se nos acabó la comida y son muchos los trabajadores.

Oye papá, ya vamos a colgar. Se oye un ruidero espantoso.

Muy bien, Mulatos, les mandaremos comida. ¿Qué más?

Está bueno, mijita. Está bueno. Aunque yo sí te escucho muy bien.

Oye, Navojoa, que les digas que también se acabó el dinero y ya no tenemos para la raya.

Hasta luego, papá. Adiós, adiós, adiós.

Espérate Queta. Se me olvidó decirte lo de tus actas.

Santa Rosa, aquí Chihuahua. Ya colgaron en Ciudad Juárez. Dígame si lo vuelvo a comunicar.

Negativo, Chihuahua. Qué más tienes, antes de que se vuelva a meter esa maldita gente.

Nos vamos a seguir metiendo, mamacita...

Qué dices, Santa Rosa, no te escucho. Hay mucho ruido.

Yo sí te oigo, mi cielo. Cuándo vienes a vernos. Estamos muy solitos por acá en las barrancas.

No hagas caso, Chihuahua. Son narcos.

¿Cómo dices? Santa Rosa, no te escucho.

Que los que se están metiendo son narcos.
Somos narcos, pero también tenemos nuestro corazoncito, mi vida.
Adelante, Chihuahua. No escuches a esos babosos.
Afirmativo, Santa Rosa. Aquí un radiograma para el señor Filiberto Paredes de su hijo Braudilio Paredes.
Ya nos salimos para que no se enojen, mamacitas.
Adelante, Chihuahua... No les hagas caso, son chutameros.
Que mande la troca al entronque, porque salen mañana martes a las seis de la mañana.
Hasta luego, preciosas. Ahí les mandamos un besito ensalivado para las dos. Good Bye.
Adelante, Chihuahua, pero a cuál entronque.
A lo mejor es al entronque de Santa Rosa y San Jacinto. El otro queda muy lejos y creo que van en el camión de Huajumar.
Y tú cómo sabes eso, Chihuahua, cómo sabes.
Me lo imagino, Santa Rosa, me lo imagino. Pero voy a pedirles que lo rectifiquen.
Gracias, Chihuahua, gracias. Tengo un último radiograma.
Adelante, Santa Rosa.
Para el señor Delfino Duarte en el 12.23.45 de parte de su mamá Delfina Duarte.
Adelante, Santa Rosa.
Pregunta que si no ha recibido los cinco radiogramas anteriores.
Afirmativo, Santa Rosa, adelante...
Que porque este es el último que le manda...
Que le manda, Santa Rosa, que le manda...
Que por última vez le mande el dinero que le está pidiendo.
Que le está pidiendo. Santa Rosa, adelante.
Que porque está muy urgida.
¿Cómo dices, Santa Rosa, cómo dices?
Muy urgida, o sea muy necesitada.
Afirmativo, muy necesitada, adelante.
Que Dios lo va a castigar por ser tan mal hijo.
Repite, Santa Rosa, repite. ¿Eso dice?
Afirmativo, Chihuahua, eso dice.
Por ser tan mal hijo, adelante...

Que si no le manda el dinero, que se olvide de que tiene madre.

Negativo, Santa Rosa, negativo. No se oye.

Aquí Moris, dice Santa Rosa que se olvide que tiene madre...

Gracias, Moris, gracias... Adelante, Santa Rosa.

Eso es todo, Chihuahua.

Gracias, Santa Rosa. Quedaron pendientes dos conferencias, porque no contesta nadie en el 15.16.30 y no entra la LADA para Obregón, están ocupadas las líneas. Hasta luego.

Hasta luego, Chihuahua, cambio.

Espera, Santa Rosa, espera, Santa Rosa... Santa Rosa, Santa Rosa, aquí Chihuahua, me están pasando un radiograma urgente.

Soy Huajumar, Chihuahua. Yo lo tomo y luego lo paso por teléfono a Santa Rosa.

Gracias, Huajumar, al señor Joaquín Olivares.

Qué raro, Chihuahua, qué raro. En Santa Rosa no hay nadie de ese nombre pero adelante.

Será un turista, Huajumar, o un comprador de chivas. De parte del señor Rafael Corrales, que esté muy pendiente. ¿Me escuchas, Huajumar?

Afirmativo, Chihuahua, adelante, pero no me diste el teléfono del radiograma, adelante.

No dejó teléfono, Huajumar. Aquí sólo pusieron hotel Avenida.

Afirmativo, Chihuahua, no importa, adelante.

Que tengan mucho cuidado. Que los soldados van para allá. Por tierra y en varios helicópteros. Que son muchos. Que salieron ayer por la tarde.

Enterado, Chihuahua. Adelante.

Es todo, Huajumar. Gracias...

Oye, Chihuahua, oye, Chihuahua, ¿no están prohibidos esos radiogramas, no están prohibidos...?

No sé Huajumar, no sé. Y si están, ya ni modo, Huajumar. Si me corren del radio ya me dará trabajo Caro Quintero cuando salga del reclusorio.

¿Cómo dices, Chihuahua, cómo dices, que quién va a salir?

Que muchas gracias por todo, Huajumar, que muchas gracias.

Chihuahua, Chihuahua, Chihuahua, aquí Santa Rosa, adelante...

Conrada siguió pegada al radio. Desde la plaza se escuchaba la voz de Tony Aguilar cantando en el estéreo de una troca "Ánimas que no amanezca".

ÁNIMAS QUE NO AMANEZCA

Ánimas del purgatorio, que no le vaya a pasar nada a Julián, pide a cada rato mi madre sin venir a cuento. Mi tío Lito buscó a su hijo en los separos de la judicial en Chihuahua, en las dos; en los conocidos y en los clandestinos. Visitó a mis amigos de la Procuraduría y ellos indagaron en Juárez, en Parral y en Ojinaga, donde hay comandantes federales, de la procu grande. Y nada. Se regresó a Santa Rosa, indagando por el camino. En el entronque de Huajumar le dijeron que el día de los hechos vieron pasar dos camionetas negras, muy parecidas a las que describió la mujer de Filemón, pero como ni se detuvieron y además era de noche, no pudieron ver a los que iban adentro. En la gas de Tomochic, el tuerto que pone gasolina le contó que una noche vio a alguien muy parecido al presidente de Santa Rosa que iba en medio de dos hombres en una camioneta negra, que llevaba las manos juntas, entre las piernas, como si tuviera frío, y que mientras él limpiaba el cristal de la troca, el presidente, o el que se le parecía, se le quedó mirando fijamente, como queriéndole decir algo. Que le extrañó que no lo saludara, como lo hacía otras veces, pero como así es la gente, un día amanece con el ánimo muy saludador y otro no, o se pasa de lado,

51

sin voltear, pues no le dio importancia al asunto. Mi tío Lito va a regresar otra vez a Chihuahua a publicar anuncios en los periódicos y a ofrecer recompensas a quien dé información. No es posible que desaparezca ocho días un presidente municipal así nomás, dice mi madre. La gente de Santa Rosa empieza a preguntar cuando se da cuenta de que Julián no se ha visto por el pueblo. Lo buscan en su casa y Marcela les dice que anda en Chihuahua gestionando un dinero para hacer el camino de la Soledad; a otros les platica que se fue a curar una úlcera a Ciudad Juárez, donde hay un médico americano muy bueno, y cuando ya la cansan, les grita que no estén chingando, que vayan a la Presidencia a que los atienda el secretario, que tiene facultades para suplir la ausencia del presidente. Julián se fue con otra, asegura mi padre, porque se cansó de los celos de Marcela. Nos hubiera avisado antes para no preocuparnos, replica mi madre, o hubiera esperado quince días para entregar el cargo. Hay que estar preparados para lo peor, concluye mi padre... Ánimas del purgatorio, que no le haya pasado nada a Julián, sigue repitiendo mi madre.

Desde la huerta los escucho hablar en el portal. Estoy bajo los granados oyendo corridos en la grabadora y tratando de encontrar el argumento de *Triste recuerdo*. *Ánimas, que no amanezca*, canta Tony Aguilar, *que sea puro medianoche y hasta donde el cuerpo aguante, hay que darle cuanto quiera, sin dudas y sin reproches, al cabo, mundo, ahí te quedas*, se escucha a lo lejos, desde la misma troca de la plaza que ahora pasa por la calle. La gente siempre pide ayuda a las ánimas de los santos difuntos en momentos difíciles y desesperados. Pobres ánimas del purgatorio, que bastante tienen con la expiación de sus culpas para todavía tener que cargar con las penas de los vivos. Yo creo en las ánimas. Siempre que vengo visito el camposanto. No converso con los muertos como mi abuela Pola, pero recorro las tumbas, siento una paz profunda con algo de tristeza que me reconcilia con el mundo y conmigo mismo. Bajo siempre tranquilo del camposanto, con más energía.

Esta mañana subí a pie, cuando apenas el sol empezaba a calentar las lápidas frías, cubiertas del sereno. Mi madre fue conmigo. Como guía de turistas me fue explicando el santo y seña de quién estaba debajo de cada túmulo nuevo de tierra roja cercado con piedras blancas del río. Como si rezara o conversara en voz baja, me fue diciendo quién dormía debajo de cada cruz de madera, todavía nueva, con letras pintadas de Sapolín azul, donde se lee el nombre, la edad y la fecha de muerte de sus dueños. Así fue haciendo de cada difunto un retrato, muchos retratos hablados. Retratos en blanco y negro.

RETRATOS EN BLANCO Y NEGRO

Cutberto Daniel, diecisiete años, alto, delgado, de dientes blancos, buen bailador, sombrero tejano, botas vaqueras de piel de caguama, egresado de la secundaria donde trató mucho a la Abril Cadena, compañera suya de dieciséis años, el día de su graduación le dijo a su padre que quería casarse. Cómo no, le contestó Cutberto Daniel, el grande, y con qué vas a mantener a tu señora. Me iré para el otro lado a juntar unos dólares. Eso sí que no te lo voy a permitir, no quiero que mueras insolado en el desierto de Yuma o asfixiado en el vagón de la muerte, donde están envenenando a los mojados. Entonces trabajaré en el billar de mi padrino. El muchacho lo hizo, pero cuánto podía juntar colocando bolas en las mesas, limpiando el paño verde con el cepillo y poniéndole gis a los tacos. Entonces me voy a meter a trabajar en la carretera, pero cuánto podía juntar el pobre, abriendo la brecha que va para el río, tumbando encinos, quitando piedras, echando barrenos para abrir los cerros, si en eso sólo pagan el mínimo. Entonces voy a vender licor, pensó, y se fue para Chihuahua a traer una caja de tequila Cuervo, una de mezcal de Oaxaca, otra de brandy del norte, el más barato, mismas cajas que le quitaron los judiciales en el entronque de Huajumar, porque hay Ley Seca en toda la sierra. Entonces voy a juntar oro a la Nueva Unión, decidió, y se fue por el arroyo arriba con una batea de madera, un frasquito de azogue y un pañuelo para quemar el polvo de oro, regresando ocho días después con tres miserables gramos de baja ley, con los que no pagó en el taniche el mandadito que le fiaron. Entonces me voy a meter de chutamero, no hay de otra si me quiero casar, fue su pensamiento. Y se metió. Y le fue bien al principio. Y se casó. Y vivía feliz con la Abril Cadena en una casita de dos cuartos en la alameda de abajo. Pero una madrugada, cuando cantaban los gallos, cuando él estaba perdido en sueños abrazando a su mujer, entreverándole las piernas, así dicen que le gustaba dormir con ella, ninguno de los dos escuchó los ladridos del Duque, su perro bravo, o si lo oyeron no hicieron caso, pensando que se trataba de una zorra que andaba robándose las gallinas en el corral o de un leñador que se iba al monte temprano. Salieron del sueño cuando les tumbaron la puerta los judiciales y le gritaron al Cutberto que se vistiera, porque venían por él, ya que estaba en la lista. Él iba a obedecer, por qué no, ya se arreglaría después en el camino, y empezó a vestirse. Pero sin querer, lo que son las desgracias, en un acto reflejo agarró la pistola que tenía en una silla, no para usarla, sólo para ponérsela al cinto, el inocente, como siempre lo hacía, pero ellos creyeron que iba a madrugarlos y lo.acabaron de siete balazos, entre los brazos de la Abril, que ahí en el suelo le recogió el último aliento.

Consuelo San Miguel, la Chelo, como le decían, de veintisiete años, casada y dejada, con tres hijos, la que se mantenía ella sola, como podía, criando chivos y gallinas, vendiendo chile piquín y yerbas de olor que recogía en las laderas que bajan al río donde vivía, la que usaba pantalón, sombrero y botas de hombre para el trabajo, un día se hizo una pregunta: ¿y las mujeres por qué no? Y más las que estamos solas. Y se fue río abajo por las casas, indagando, se fue río arriba, por los ranchos, platicando, como si nada, discretamente. Y se metió a las siembras de las barrancas y habló con los sembradores. Soy una mujer sola, les decía. Ayúdenme con sus consejos. Y ellos le dijeron cómo y cuándo hacerlo, a quién vender y en cuánto, cómo cuidarse y de quién. Y empezó solita el negocio de la yerba con sus tres chamacos de diez, ocho y seis años. Y le fue muy bien, porque las mujeres en muchas cosas son más listas que los hombres, más cuidadosas, más sensatas, más esforzadas, más buenas administradoras. Y salió de pobre. Y empezaron a respetarla y a tenerle miedo. Muchos hombres se le acercaron para dormir con ella. Los aceptaba, pero no compartía ni sus negocios ni sus ganancias y ellos se iban. Que me quieran a mí, por mi cuerpo, por mi compañía, por lo que siento, no por lo que hago ni por lo que tengo. A veces se ponía triste, melancólica. Sus hijos ya no estaban con ella. Los mandó a un internado a Sonora para que se hicieran gente de provecho. Y no tenía amigas, ni alguien con quien hablar tonterías, con quien reírse, con quien estar, con quien comer. Es que las mujeres como que le tenían miedo o envidia y la miraban de soslayo. Y cuando estaba así, se ponía a tomar mezcal que le traían de El Llano, donde había una vinata clandestina, que se decía era de ella. Y bebía mezcal y miraba el río, pensativa, desde una piedra azul. El año que entra me voy de aquí, la oyeron decir. Un día, o mejor dicho una noche, llegaron a su casa varios hombres, vecinos y conocidos seguramente, buscando el dinero que creían guardaba debajo del colchón o encerrado en un baúl o enterrado en la cocina. Cómo creen que iba a hacer eso, si era tan lista. Lo tenía en un banco de Chihuahua. Mataron a tres de los trabajadores que la cuidaban y a una vieja que le hacía la comida. Consuelo se defendió con un machete y ha de haber herido a varios, porque se encontraron rastros de sangre que salían de la casa y se perdían en el monte. También su ropa interior hecha pedazos. Y encontraron su cuerpo desnudo en el primer vado del río, detenido en una laja azul. Ahí la encontraron, como si estuviera durmiendo, nomás, como si el río no hubiera querido llevársela.

Baudilio Royval, de setenta años, alto, delgado, de rostro amable lleno de arrugas, de ocupación minero y gambusino toda la vida, avecindado en el mineral de Las Ánimas, esposo de la Asunción Méndez, mujer de reputación dudosa, con hijos ya grandes y algunos nietos, quien a veces vende alcohol clandestinamente para ayudarse un poco. La vida de Baudilio nunca fue fácil, porque desde joven quedó cascado de los pulmones por trabajar en la minas de Maguaríchic, que causan el mal de piedra. Las cargas de leña que vendía, el poco maíz que sacaba de sus siembras, los escasos gramos de oro que juntaba con azogue, lavando arena en los arroyos, no lo iban a sacar de pobre nunca. Por eso, a sus setenta y siete años decidió hacer lo que vio que hacían otros con éxito. Consiguió unas semillitas y en una de las tierras de abajo de su casa las sembró con cuidado, las regó con esmero, las cuidó con cariño, hasta que llegó el tiempo de la cosecha. Entonces guardó bajo el colchón su carguita valiosa, esperando a un comprador que nunca llegó a Las Ánimas. Pero eso sí, llegaron los judiciales a la región y la venta se hizo más difícil. Algunas veces, cuando no estaba la Asunción, ni sus hijos, ni sus nietos, Baudilio levantaba el colchón, sacaba su carga al sol del portal, la acariciaba con los ojos, calculaba su peso, su valor, y con mucho cuidado la amarraba otra vez y la volvía a ocultar en su sitio. Una noche, cuando intentaba hacerle el amor a la Asunción, el esfuerzo le paró el corazón. Cuando Baudilio fue enterrado, la Asunción se encerró en su casa y empezó a buscar debajo de las tablas del piso, en el tejabán, en los cajones y debajo del colchón, pensando hallar dinero, billetes, monedas, papeles, lo que pudiera haber dejado de valor Baudilio. Encontró debajo del colchón un atadito de ramas secas que por el largo tiempo que estuvieron guardadas se fueron desbaratando y haciéndose más pequeñas, hasta quedar hechas polvo. Apenas si saldrían de ahí unos cuantos carrujos. Maldito viejo, dice siempre la Asunción cuando lo cuenta, por qué chingados no vendió su carga a tiempo. Y se pone a liar su carrujito, porque de vieja, a sus setenta años, agarró el vicio y ahora le entra duro a la fumada.

Lino Lagarde, de treinta años, simpático, fuerte, dicharachero, de baja estatura, por lo que le dicen el Chapo, profesor de una escuela federal en Bahuichivo, donde vivía con su mujer Natalia Perea, también maestra, pero ella del sistema indigenista, que no es lo mismo, en la Nopalera, otra ranchería cercana, con tres hijos que todavía no van a la escuela. Él trabajó de joven en Sonora y en Estados Unidos, pero no logró juntar lo suficiente, lo que juntan otros que vuelven después y empiezan una vida sin problemas económicos. Como Lino Lagarde tenía secundaria y dos años de preparatoria que hizo en Chihuahua, logró una plaza de maestro en el Conafe, o sea una plaza de esas que no requieren título de normalista. Al Chapo nunca le gustó ser maestro, cosa que a su esposa le encanta, pero aceptó el cargo para tener una quincena segura, para irla pasando mientras salía otra cosa mejor. Los sueldos del magisterio son una miseria, siempre se le oía decir, y no hay profesión más ingrata ni más mal pagada. Un mal día, otro profesor del mismo municipio le explicó que había otras actividades más lucrativas, sin tener que dejar el magisterio, claro, para tener una ocupación tapadera, con solvencia moral. Esto era algo que requería unos meses de trabajo, mucho ojo y no menor discreción. El Chapo Lagarde aceptó, hizo su siembra, bastante grande, con semilla de primera, en un terreno escondido con buena agua y mucho sol. Daba gusto ver una semilla tan verde. Cuánto dinero habrá aquí, se preguntaba el Chapo cuando la visitaba los sábados y los domingos, días de descanso en la escuela. Tres años como éste, dejo el magisterio y me voy a vivir a Ciudad Juárez, mi ilusión, y pongo un negocito allá, sin sobresaltos. Por las noches comentaba sus planes con la profesora Natalia. No estés tan seguro, le decía ella, esas cuestiones son muy riesgosas. Y tenía razón, porque un día apareció una partida de soldados, a los que guiaba Rigoberto Demós, comisario ejidal, a quien le pusieron una gorra verde y una camisa verde y lo obligaron a servirles de guía. Y la siembra de Lino Lagarde fue una de las tantas que fueron quemadas.

Pero el Chapo no se quedó así como así, y cuando los soldados se fueron, bajó a Santa Rosa, fue a la plaza y esperó a Rigoberto Demós en una banca. Cuando éste pasó, le dio las buenas tardes, se le acercó y le clavó una daga en el corazón, al tiempo que le decía Tenga, por mal amigo. Rigoberto murió ahí mismo y Lino Lagarde anduvo huyendo un tiempo. Perdió su plaza de maestro por abandono de empleo y llegaron a verlo por Ciudad Juárez, donde siempre quiso vivir. Luego vino a dar al aserradero del Pito Real, donde estuvo algún tiempo escondido entre los indios. De cuando en cuando bajaba a Bahuichivo los sábados y domingos, como lo hacía antes, a ver los restos de su siembra, a mirar el dinero que se volvió ceniza. Ahí lo venadearon los hermanos de Rigoberto, que estaban esperando nomás a que se diera a ver para vengarse.

Adalberto Romo, de veintinueve años, alto, nada mal parecido, casado con Manuela Trevizo, con nueve hijos de familia, hermano de Paul, Ronald, Walter y Lizbeth, vecinos todos del rancho de Los Alisos. A la muerte de su padre, dividieron el rancho entre ellos y su madre, un lugar famoso por su gran extensión, por sus pastos y su ganado. Como no todos eran muy inteligentes, sólo Paul logró salir adelante y ahora es un próspero ganadero con muchos hijos, varias mujeres y algunos ranchos. Adalberto, el mayor, el más tonto, se comió las vacas que le tocaron, remató las tierras del reparto, vendió sus caballos y se quedó sin rancho, por lo que se fue a trabajar a Mexicali y regresó derrotado, más pobre que antes. Se vino de Los Alisos con su familia a vivir a Santa Rosa para darles escuela a sus hijos que ya estaban en edad. Y era una lástima ver a esos niños tan bonitos ir por la calle descalzos, sin ropa, y en la cara las ganas de comerse un dulce o de comprar un cuaderno nuevo. Por esto y otras cosas, el buen carácter de su padre se volvió mal genio. Hasta que un día, Adalberto Romo conoció a unos compradores de ganado que llegaron de Caborca y se hizo muy su amigo. Los llevaba y los traía por todo el municipio. Y su suerte empezó a cambiar. Se le veía con buena ropa, americana principalmente, que le quedaba muy bien, porque como era güero, parecía gringo desde lejos. Se compró botas de piel de avestruz, sombrero tejano, pistola nueva. Pintó su casa, construyó otro piso que le hacía falta, vistió a sus hijos, trajo muebles nuevos de Chihuahua, puso una antena parabólica, compró una Cherokee, luego una Suburban y volvió a ser el mismo, se le vio sonreír, saludar con gusto a la gente y dar generosos donativos para arreglar la iglesia y la escuela. Y un buen día se fue a vivir a Tijuana. Dicen que allá estaba muy bien, que sus hijos estudiaban en los mejores colegios, que se puso algunos dientes nuevos, que engordó un poco y que tenía casa en San Diego y las cuentas en bancos americanos. En fin, que llevaba una vida feliz al lado de su mujer y de sus hijos, pero que no quería volver a Santa Rosa, que no a toda la gente le daba su domicilio, que siempre andaba armado y que nomás veía a una persona sospechosa desaparecía por varias semanas. Cuestión de pequeñas precauciones, nada más por si las dudas, que de nada le sirvieron, porque un día entraron hasta su cama por él tres hombres, judiciales o narcos, quién sabe, son tan parecidos, y se lo llevaron en calzoncillos. Apareció después en un lote baldío de una colonia residencial de Tijuana y su mujer se lo trajo en una avioneta, para que descansara acá, en su tierra, que tanto le dio al final de su vida.

Bernabé Gonzaga, de cincuenta y siete años, casado con una mujer de Durango, con siete hijos, todos mayores de edad, no era de Santa Rosa. Llegó a este pueblo hará como diez años, cuando se inauguró la carretera, la brecha de tierra pues, que echaron desde Tomochic. Él venía de más allá, desde Camargo, en una troca grande y blanca que bajaba los cerros bamboleándose y tenía que echarse en reversa para pasar las vueltas angostas y no caer al voladero de la cuesta del Caballo. Llegaba cada ocho días a vender fruta, verdura, carne, papitas fritas, Gansitos, Bimbuñuelos y Sabritas. Y a conocer y a tantear el terreno, se ha sabido después. Luego de dos años de viajes, decidió quedarse, rentó una casa y puso una tienda, más grande que las de acá y con precios más bajos, pero no se trajo a su familia, sólo a tres de sus hijos que le servían de choferes o de despachadores en el comercio. También compraba ganado, burros viejos, mulas inservibles, caballos en los puros huesos. Los usan en las empacadoras de carne para hacer jamón endiablado, decía cuando le preguntaban el destino de esos animales que ya estaban para el arrastre al cementerio. Un día llegaron con él ciertos acompañantes de rostro torvo, una mirada como esquiva, que no saludaban a nadie. Y luego vinieron otros y muchos más, en trocas americanas, nuevecitas. Don Berna se iba con ellos a ver minas viejas, alejadas del pueblo, o a ver terrenos o pastizales, al otro lado de la sierra, o a pescar al río con cartuchos de pólvora. Andamos paseándonos nomás, decía al pasar con su troca por los caminos, cuando salía la gente al portal de sus casas a preguntarle ¿A dónde la lleva, don Berna? Es que don Berna era muy querido por todos. Era el único de los que traía troca que daba aventones gratis, de ida y vuelta, hasta Chihuahua. Era el único que fiaba en su tienda y no andaba después molestando a la gente con cobranzas insistentes los días de la quincena. Pero un día cerró su tienda y se volvió para Camargo y no volvió a bajar con su troca a Santa Rosa. Lo vieron después, muy seguido en Chihuahua, en El Paso, en el entronque de Huajumar. Le levantaron muchas calumnias. Que él descubrió que estas laderas, estos llanos rodeados de encinos y madroños, estas cañadas perdidas entre montañas y barrancos, tenían un clima caliente muy parecido al del norte de Sinaloa. Mire nomás, decía su mujer en el velorio, qué mentira tan ruin, que él fue quien trajo las primeras semillas de amapola y mariguana. Habráse visto qué ponzoña la de la gente y qué de cosas inventa. Y que él era la cabeza de todo el tráfico de esta región. Habráse visto cuántas cosas le achacan a mi señor, que en gloria esté, cuántos infundios, cuántas calumnias, cuántas difamaciones. Si Berna era tan buena persona, tan decente. Su muerte no fue un ajuste de cuentas, como dicen. Fue sólo un pleito de cantina, donde lo madrugaron, dice su viuda.

Erwin Luna, de diecisiete años, soltero, un niño, casi. Mira nomás qué tumba tan bonita. Cantera de Zacatecas y mármoles traídos de El Paso. Era un muchacho feliz, tan atractivo, tan agradable. Las mujeres se enamoraban de él nomás con verlo pasar, pero el Erwin era fiel a la Chenda, la Güera Chenda, la Rosenda Fonseca, aquella chamaca alocada que llegó de Culiacán con su hermana Rosario, la mujer de Valente Armenta. Ese fue su error. Quererla tanto, cegarse por ella sin ver el fondo de sus ojos verdes, sin oler el peligro. Pero así es el amor, nubla la vista y entorpece la razón. Si no es por doña Feliza no se hubiera descubierto la causa de su muerte. Doña Feliza, con todo y sus noventa años de achaques, tuvo el tino para descubrir la mano que cortó la vida en flor de este chamaco, casi un hombre. Pero será mejor que doña Feliza te lo cuente. Todavía vive aquí cerca, en la bajada del panteón. Vamos allá, para que sea ella misma quien te diga cómo fue lo de Erwin, lo de la Chenda, lo de la mala entrega.

LA MALA ENTREGA

Lo de la Güera Rosenda y el Erwin pasó así. Y mucho tuvimos que ver en esto Leobardo, el chofer de los Olavera, esta pobre vieja y los hermanos Duarte, Chunel y Sabás.

Los hermanos Duarte habían traído de Arroyo Hondo dos burros con leña y se habían pasado todo el día calle arriba, calle abajo, paseando la carga sin encontrar comprador, porque toda la gente usa ahora gas. En la tarde, como a eso de las cinco, pidieron un fiadito a Lydia Banda, café y azúcar, nada más para no regresar con la red vacía, y subieron la cuesta con sus burros. Pasaban cerca del panteón cuando Chunel le dijo a Sabás, Para qué nos vamos a Arroyo Hondo, mejor nos quedamos a dormir aquí cerca y mañana bajamos otra vez con la leña. Está bien, dijo Sabás, pero no tan cerca de los fieles difuntos. Vamos a poner la lumbre bajo aquel encino que mira hacia el pueblo. Y ahí amarraron los burros, descargaron la leña, quitaron los aparejos y se sentaron en una piedra a esperar el sueño. Iba a oscurecer cuando Sabás le dijo a Chunel Mira para allá. Chunel volteó hacia el panteón y vio una mujer de cabello largo, vestida de blanco, muy pálida, que caminaba entre las tumbas, llorando. Es un ánima en pena, pensaron los dos. Pobre mujer, si supiéramos el Padre Nuestro podríamos ayudarla a descansar. La mujer, flotando, miraba para todos lados, como pidiendo auxilio, y se perdía entre las cruces de las tumbas. Parece que va a brincar la trinchera, dijo Sabás. No, se está perdiendo en la tumba de la difuntita Fortina. Ella ha de ser. Y en eso la dejaron de ver. Sería por el cansancio pero, cosa rara, los Duarte durmieron tranquilos.

En la mañana, temprano, subieron la leña a los burros y bordearon el panteón de regreso al pueblo. Entonces fue cuando Sabás se detuvo. Tenía ganas de orinar. Se sacó el miembro, desvió la vista del chorro y miró distraído hacia las tumbas. Fijó la vista. Entre dos lápidas brillaba el lomo de una víbora cubierto de escamas verdes, azules, cafés. Acércate, Chunel, y mira. Es una culebra chirrionera. Déjala que duerma en paz, le contestó Chunel y se puso a mirar. No, no es una culebra, le dijo, es una bota vaquera. Los Duarte brincaron la trinchera y se acercaron con cuidado. No era una bota, eran dos botas. Eran las botas de un hombre atravesado entre dos tumbas. Está borracho, dijo Chunel, cuando vio una anforita de tequila Orendain arriba de una lápida. No te la acabes, le dijo Sabás al ver que su hermano refrescaba a borbotones su gaznate. Vamos a ver si trae unos Faritos en la bolsa de la camisa, dijo Sabás. Se acercó al borracho y le quitó el sombrero tejano del pecho para buscar los cigarros. Descubrió una mancha de sangre. Era un muerto. Mira nomás, en el mero corazón, ahí le dieron. Y no fue un tiro, fue una descarga, dijo Sabás. Descanse en paz, contestó Chunel, y los dos se fueron al pueblo a dar aviso. Debe ser un forastero, declaró Sabás. Es casi un chamaco, agregó Chunel. El chamaco de diecisiete años resultó ser el Erwin, el hijo menor de Amaro Luna, el de Los Pilares, que fue avisado por teléfono y llegó ese mismo día a velar a su hijo en la iglesia. Las mujeres lloraron y se condolieron. Cuánto dolor y cuánta pena. Si era un primor el muchacho. Si era tan guapo el Erwin. Con su sonrisa siempre, con sus hoyitos jugándole en las mejillas, con su barba partida, con sus pestañas rizadas, con su pelo negro ensortijado. Y tan

saludador y tan dicharachero. Cómo estará llorando su pobre madre en Los Pilares. Y cómo estará su novia, la Chenda, la que tanto quería. Tan bonita pareja. El uno para el
otro. Cómo bailaban felices el domingo pasado. Por qué la
muerte se equivoca y se lleva a un hombre joven, al más
alegre, al más lleno de vida, en la flor de la edad. Se va a
volver loca de pena la Chenda, su novia. Y vestida de negro,
la Güera Chenda, cumplidos apenas los dieciséis, miraba
al Erwin, en medio de cuatro velas, tieso, tan pálido como
la cera, vestido con el mismo traje con el que se graduó en
la secundaria el año pasado. Ella no lloraba, no hablaba, no
tomaba agua, no rezaba, sólo miraba al Erwin. Pobrecita,
si sigue así se va a volver loca. Ojalá se desahogue y eche
fuera esa pena.

Enterraron al Erwin al día siguiente. Los mismos
hermanos Duarte ayudaron a hacer la fosa. El mismo Amaro Luna les compró las dos cargas de leña para las fogatas
de la velación y les dio una propina para que se ayudaran.
Cuando bajaron del panteón, en la misma plaza, Amaro
Luna repartió dinero para que se investigara la muerte de
su hijo, el benjamín. Y empezaron las preguntas. En qué
andaba, dónde estuvo, con quién habló, quién lo vio ese día,
con quién discutió la víspera el Erwin. En el último baile no
se peleó con nadie, pues tenía muy buena borrachera. La
última vez que lo vieron en la plaza fue cuando compró la
anforita en la tienda de Silvestre Rubio y se fue camino del
mesón a buscar a la Chenda, que para despedirse, porque
esa noche pensaba irse a la frontera. Sí, estuvo conmigo,
dijo la Güera Rosenda, como a eso de las tres de la tarde,
pero como vi que empezaba a tomar le dije que se fuera a
tirar la botella al río y luego volviera. Eso fue todo lo que
platicamos. Antes de cerrarle la puerta vi que traía su pistola en el cinto. Amaro Luna soltó más billetes para que siguiera la investigación y mandó preguntar a los ranchos y a
los aserraderos y prometió una recompensa al que aclarara
la muerte de su hijo. Bajó gente de todas partes a dar su tes-
timonio. Que el Erwin le debía dinero a don Teodoro, que

el Erwin había dicho que estaba amenazado, que el Erwin se iba a ir al otro lado a llevar un dinero ajeno, que el Erwin había andado muy triste últimamente, como presintiendo su muerte, que el Erwin quería llevarse a la Chenda, pero que ella no quiso huirse, Quiero una boda de blanco, le dijo. Que el Erwin no se casaba porque era menor de edad y su padre no le daba el permiso porque no le gustaba la Chenda, que quién sabe Dios de dónde habría llegado. Tres días pasaron y nada. Hasta que llegó Leobardo en uno de sus viajes y dijo que la Güera Rosenda le había salido al paso una noche, en el mesón, cuando él se iba para el entronque, y que le había ofrecido una pistola en venta, que si no sería la misma del Erwin. La Güera Rosenda dijo que no, que no era cierto, que Leobardo debía estar confundido. Entonces los carearon en la casa de la Chenda. Fíjate bien, Leobardo, le dijo la Güera Chenda, tranquila, con una sonrisa amable. ¿Estás seguro de que era yo la que te ofreció la pistola esa que cuentas? Si era tan noche como dices y no había luna, ¿cómo me viste? Eras tú, quién otra podría ser, sostenía Leobardo. Lo soñaste, Leobardo, lo soñaste. Si lo que tú necesitas es dinero, búscate otra forma de ganarlo, pero no me incrimines. Yo qué te he hecho. Eras tú, Chenda, eras tú. Y el careo no resultó, porque se comprobó que Leobardo había pretendido a la Chenda y ésta había preferido al Erwin, por eso ahora Leobardo se desquitaba. Cuando pasaron quince días y no se aclaraba nada, Amaro Luna aflojó más dinero.

Y en el camión del domingo llegué yo, que me había ido para San Juanito a traer medicinas y a asistir en el parto a mi primera bisnieta. Tráiganme a Amaro Luna y a la Güera Chenda, pedí. Cuando los tuve sentados en el portal de esta casa, camino al camposanto, me paré frente a ellos, junto a esa mata de claveles de la India, y miré hacia la ladera. Con mi bastón de carrizo les señalé las cosas y la verdad. Aquí estaba yo, regando estas clavellinas del pretil, cuando por ese camino vi venir a tu hijo Erwin, Amaro, contigo, Chenda. Llegaron de la mano. Tú me diste las buenas tardes, Chenda, y el Erwin me pidió un vaso de tesgüino. Se me acabó, le dije, pero tengo agua zarca serenada. Me pidió un vaso. Quién iba a pensar que ese trago de agua que saqué de la pila iba a ser el último que se tomara el inocente. Y aquí me quedé, viéndolos subir abrazados por el camino al camposanto. Tú, Chenda, le llevabas la mano puesta aquí, en el cuadril, junto a la pistola. Y él te llevaba la mano puesta acá, en el hombro derecho, metiendo el brazo debajo de esa mata de cabellos que el viento te movía. Me imaginé que iban a acostarse entre las tumbas, a quererse en secreto, para que nadie supiera, sólo él, que ya eras mujer. Cuando pardeaba la tarde y alistaba mi bastimento para irme a San Juanito, te vi bajar sola. Seguro ella no quiso entregarse y por eso se han de haber disgustado, me dije. Ya se contentarán cuando ella se le entregue. Cerré las ventanas, atranqué la puerta y me fui a esperar el camión en el Arco. Eso es todo lo que sé, Chenda. Eso es todo lo que vi, Amaro. Ay, doña Feliza, pero qué cosas cuenta, me dijo sonriendo la Güera Chenda. Usted ya ni ve, y menos de tarde, si no puede ensartar ni una aguja. Pobrecita de usted, tan vieja, se está deschavetando. Pero cómo se le ocurre. Todo eso lo soñó, porque yo ese día ni salí de mi casa. Tal vez fuera otra mujer. Si de veras necesita dinero, bueno, pues hay otras formas de tenerlo, no con mentiras. Fíjese nomás cómo me está incriminando.

En la casa de la Güera Chenda encontraron debajo de la cama tres mil dólares en billetes nuevecitos. En el fondo de la noria hallaron la pistola de Erwin con el cargador vacío. Y se supo que la mafia había mandado a su novia a matarlo porque él hizo una mala entrega de yerba y la mafia no perdona, y como él era tan hombre y tan desconfiado, sólo su novia podía acercársele. Ay, pero cómo cree eso, dijo al juez de Ocampo la Güera Chenda. Si nos queríamos tanto, fíjese nomás, cómo me está incriminando. Y de ahí la mandaron a la cárcel de Ciudad Juárez, donde a los conocidos que la visitan los domingos les dice, sonriendo siempre, que cómo pasan a creer que ella sea una asesina, si quería tanto al Erwin. Y allá está, en el mismo lugar donde se encuentra encerrado el Astolfo, un amigo del Erwin, que está guardado por otro asunto, por lo que le pasó a mi nieto el Candelo, el hijo de la Conrada. ¿Ya le dieron el pésame? Pobrecita. Con la pena que tuvo casi pierde la razón. Ahora se distrae trabajando en el radio, bendito sea Dios. El presidente municipal se ha portado muy bien con ella. Le dio ese trabajito para que se ayudara un poco. Y ya le prometió cambiarla al radio de Chihuahua, donde ganará más. Eso la va a ayudar a olvidar. Como dicen, mudarse por mejorarse. Lo suyo fue una pena muy grande. Vayan a verla. Vive aquí cerca, en el arroyo de la matanza. Pobre hija mía. Sólo se desahoga cuando con alguien de confianza se toma un trago de mezcal y revive lo que le pasó a mi nieto, el Candelo.

EL CANDELO

Yo misma le preparé la muerte a mi hijo. Esa noche acababan de cantar los gallos. Adónde vas, Candelo. Con el Astolfo. Y para qué quieres tanto bastimento. Es que serán quince días. Le hice un guare lleno de gordas de maíz y otro de harina. Le puse en su redecita un frasquito de Nescafé, una mirruña que tenía guardada para las visitas, y un kilo de café Legal. En una bolsita de arroz le eché el azúcar y en un cotense le amarré tres kilos de frijol, dos Portolas y una latita de chiles jalapeños que me fió mi comadre Lydia. Le eché el sartencito negro que uso para los huevos, una lecherita de aluminio para que hiciera su café y una budinera de peltre para que cociera los frijoles. Le metí en la red seis veganines para su dolor de cabeza y una pomada muy buena para los piquetes de alacrán, porque iban a un lugar muy caliente, donde hay tanto animalero. Ponte botas. Esas no, las otras, las viejas, las de piel más gruesa, por si te muerde una víbora. Le eché también una cobija de lana, de las que hacen los indios de la sierra. Para qué quiero lana, con tanto calor. Calor tendrás en el día, pero en las noches allá cae el sereno muy frío con el río tan cerca.

Le entregué la navaja suiza que se encontró en un baile, la que tiene hojas para todo. Déjela, ya llevo la daga, me dijo. De todos modos se la eché, por si acaso. Y saqué de ese baúl una anforita de tequila que guardaba para las emergencias. No, ya llevamos un litro de alcohol. Mejor guárdemela para el regreso. Es esta misma anforita que usted probó. ¿No habrá forma de que te arrepientas? Aún es tiempo, le pedí. No, ya estoy apalabrado, me contestó. Y ya me dieron un anticipo. Volvieron a cantar los gallos y se oyó el silbido del Astolfo que pasaba por él. El Candelo se echó la cobija y la red en la espalda y me miró, sonriéndome, como despidiéndose, como que me iba a decir algo que luego se guardó, parado ahí, en medio de la cocina, tan grandote, tan hombre, con su cara de niño alumbrada con la luz de esa lámpara de petróleo. Al verlo tuve un presentimiento. Se me hizo un nudo en la garganta y sentí vacío el pecho. Quise abrazarlo, comérmelo a besos, pero me contuve. No, pensé, no debe irse triste. Que te vaya bien, le dije. A todos nos va a ir bien, mamá, ya verá. Ya no tendrá que comer quelites ni andar pidiendo fiado en las tiendas y podrán volver a la escuela el Cheto y la Nancy, y usted se operará esas várices que no la dejan andar. Adónde le digo a la gente que te fuiste si me preguntan. Dígales que a campear unas reses que se nos fueron para el río. No, mejor les cuento otra cosa, todo mundo sabe que ya no tenemos ni un animalito siquiera. Entonces dígales que me fui para Navojoa a sacarme una muela que se me estaba haciendo postemilla. El Astolfo volvió a silbar afuera. Mi muchacho se dio la media vuelta y salió con paso fuerte, animoso. Me asomé a la trinchera y lo vi juntarse con el Astolfo y agarrar por el arroyo rumbo a la alameda de arriba. Había luna. Ahí me quedé. Esperé un rato. Un perro ladraba. Luego los vi subir por el lado del camposanto, por el Arco, rumbo al campo de aviación. Y ahí me quedé apoyada en la trinchera viéndolos subir por el camino ancho, hasta que se me perdieron en el arroyo de Los Amoles. Ahí me quedé mirando hacia la cumbre, hasta que amaneció y me pegó el sol. Hasta que la Jackeline, la más chiquita, vino y me jaló a la cocina para que le diera su almuerzo, porque ya habían dado la primera llamada a la escuela. Y yo ni la campana había oído, tan metida estaba en mis pensamientos.

Así pasó. Así pasaron nueve días. Y yo intranquila. Salía al arroyo o mandaba a las buquis a preguntar en la plaza. Todo sin novedad. No había soldados por ninguna parte, ni judiciales ni nada en los caminos. No se sabía nada de nadie. Significa que todo anda bien, me decía para engañarme. Hasta que cumplidos los doce días, una noche, como a eso de las once, estando dormida, sentí como que tocaban la puerta y me la echaban abajo de tanto golpe. Entre sueños oí mi nombre. Conrada... Conrada... Ni prendí la luz. Así, vestida con el puro fondo y descalza, di un salto hacia la puerta y quité la tranca. El Candelo, grité, qué le pasó al Candelo. Afuera estaba el Astolfo y detrás de él don Lauro, el comandante, y detrás de ellos, tres mujeres, Rita Batista, la Victoria de la ciénaga y Micaela la costurera. Qué le pasó a mi Candelo, les grité. Y todos mudos, nomás mirándome. Me pasaron para adentro, me sentaron en la cama. Me frotaron alcohol en la frente y me dieron un trago de mezcal. Qué le pasó al Candelo, por Dios. No me dejen así. Tienes que ser fuerte, me dijeron. Tienes otros hijos. Míralos nomás cómo están asustados. Tienes que ser fuerte para que veas por ellos. Me quise levantar para salir corriendo a buscar al Candelo, al pedazo de mi alma, pero entre todos me sujetaron a la cama. A la luz de la lámpara que prendieron vi al Astolfo, muy apesadumbrado, y me le fui encima para rasgarle la cara con mis uñas. Tú te lo llevaste, le grité. Devuélvemelo. Me dieron más mezcal y una pastilla, sabrá Dios de qué, porque me quedé bien súpita, de repente. Desperté al otro día, ya tarde, cuando al Candelo lo estaban velando sobre esta cama, ahí en medio del cuarto. Estaba con cuatro velas y unas varas de San José que cortaron de mi jardín. Su novia lo lloró mucho. Ya se casará con otro. Lo enterramos junto a su padre. Ahí quedó mi Candelo.

Dicen que lo mató el Astolfo. Quién sabe. El Astolfo dice que no. Que ya habían acabado de sembrar. Que las matitas estaban naciendo ya, así de altas, y que las iban a regar tres días más, antes de devolverse. Que el Candelo le pidió el rifle .22 para matar un conejo, que porque ya estaba cansado de comer pura tortilla con sal. Y como era un rifle viejo de su abuelo, al que había que golpear la cacha, despacito, así, en una piedra para que se aflojara el tiro antes de dispararlo, el Candelo le pegó muy fuerte en una laja y el tiro se le fue al corazón. Qué casualidad, ¿no? Cómo voy a creer eso. Muchos dicen que no fue así, que otros sembradores, disgustados porque el Astolfo y mi Candelo les ganaron esa rinconada tan escondida, más allá de los Otates, cerca de Cuesta Blanca, lo venadearon desde la otra banda del río y amenazaron al Astolfo por si hablaba. Don Laureano piensa otra cosa. Él cree que le dispararon desde un helicóptero, porque la herida no parece ser de bala .22, sino de bala expansiva. Sólo el Astolfo sabe lo que pasó. Y yo se lo voy a preguntar ahora que regrese del Cereso de Ciudad Juárez, adonde lo remitieron. Si él fue me voy a cobrar la vida de mi hijo con la suya. Y si no quiere hablar, le voy a sacar la verdad con esta daga, último recuerdo que me queda de mi Candelo, porque hasta la navaja suiza se perdió con el barullo. No, miento. No es el último recuerdo. También tengo esta camisa azul, su camisa. No quise que lo enterraran con ella. Mírela. Aquí entró el balazo. Aquí se le desparramó la sangre, por aquí se le fue la vida. Y aquí, en la bolsa de la camisa, están todavía estas semillitas de yerba que el inocente olvidó, o que guardó, quién sabe. Mire nomás estas semillitas, tan pequeñitas, tan sin chiste y tan poderosas. De tanto verlas ya hasta les tomé cariño.

Conrada suspira y los ojos se le humedecen. A lo lejos, se escuchan los cantos de los aleluyas.

LOS ALELUYAS

Son las seis de la tarde de mi noveno día aquí. Desde el Espinazo del Diablo llegan los cantos de los aleluyas que han construido un templo en lo alto de la loma, en el centro del pueblo, para que todos escuchen sus salmos y sus gritos denunciando pecados y castigos divinos. A esta hora, el sol se va metiendo detrás de la cumbre y apenas alcanza a tocar las copas de los álamos, el cerro Azul y el templo de los evangelistas, que han cantado toda la tarde. A mediodía, cuando me dormí después de comer, estaban en silencio, pero en sueños oí un canto triste de mujeres. Pensé que sería la grabadora de alguna lavandera en el río, pero la monotonía de las voces me permitió reconocer en la inconsciencia del sueño a los metodistas. Me vine a la huerta y me senté a escribir, aunque no puedo concentrarme en la máquina porque oigo los cantos muy cerca de la mesa, como si entonaran aquí debajo de los granados.

Siempre creí que en el Espinazo del Diablo algún día se levantaría una escuela, un mirador para turistas o un museo de las minas. Cuando era niño, en Santa Rosa había sólo un evangelista, Jesús José Cimarrón, el Chuché. Él fue quien convenció a sus dos hermanas, Zita y Cirila, las más

73

beatas, las más católicas, que también se volvieron cholas, de la noche a la mañana, pero hasta ahí nomás. Ahora, la mitad del pueblo, los más pobres, se han convertido. Quizá porque no tienen nada que perder, porque quieren cambiar de suerte o porque del otro lado llegan los americanos con cargamentos de ropa, medicinas y alimentos que reparten dos veces al año, en junio y en Navidad. Lo bueno de los protestantes, dice mi madre, es que no se emborrachan ni son traficantes, su religión se los prohibe. Además, les da por el trabajo. Santa Rosa está dividida y ya han empezado los problemas de tener dos religiones. Pobres de los franciscanos que con tantas penurias y dificultades fundaron este pueblo, se lamenta mi tía Socorro, mirando hacia las ruinas del convento de paredes de cal que se divisa fuera del pueblo.

Esta mañana fui hasta allá y entré a la iglesia abandonada; me gusta visitarla, pero no por devoción, como cree la gente, sino para ver las pinturas que cuelgan en las paredes. Son doce cuadros que llevan ahí trescientos años, cunado llegaron a lomo de indio. El polvo y el humo acumulado apenas permite ver los rostros, distinguir las figuras. Un San Sebastián flechado con sangre roja bermellón en los costados y en las piernas; un San Lorenzo con el Niño Dios a cuestas, pasando las aguas de un río azul verde; una Santa Rita de Casia con su cara rosada de mujer buena; un San Domingo de Silos con su hábito blanco, ahora gris; una Señora de la Soledad posada en una pálida luna celeste; un San Jorge Bendito con su dragón temible, verde olivo o verde encino, y tres santos que no conozco. O son ángeles o son frailes, porque visten hábitos y son adultos, pero cargan enormes alas sobre sus espaldas. Y un Santo Niño de Atocha, de bulto, que siempre estuvo en el centro del altar. Doña Egipciaca, una vieja de ochenta años que vive cerca y que lo ha vestido siempre para gozo de los peregrinos que llegan desde Sonora, cayó en cama y quedó muda desde que el santito desapareció. Dicen que los protestantes se lo robaron con ayuda de la Agustina, una nieta de doña Egipciaca que, después de volverse chola, un día que su abuela estaba dormida le robó la llave y abrió la puerta a los evangelistas. Dicen que los aleluyas quisieron dejar a los mundanos, como les llaman a los que no son de su secta, sin el santo de su devoción y de sus peregrinaciones, para acelerar la conversión. El domingo antes de que desapareciera el santo, en el Espinazo del Diablo gritaron que era un santo con ojos, pero no veía, con boca, pero no hablaba, con orejas, pero estaba sordo, un objeto nada más, sin vida ni poderes. Y el Santo Niño de Atocha desapareció después, sin que nadie pueda dar razón de él. Esto pasó unos días antes de la desaparición de mi primo Julián y sus dos policías. Muchos católicos han relacionado las dos desapariciones diciendo que la de Julián fue un castigo divino, porque como presidente municipal no hizo gran cosa cuando desapareció el Santo Niño de Atocha, ni siquiera pagó gente para que lo buscaran ni mandó traer de Chihuahua investigadores especiales. Hay quien asegura que van a seguir las desapariciones de la gente de Santa Rosa.

Acaba de entrar mi madre a la huerta. ¿Te interrumpo? Ya qué, le contesto bromeando. Voy tras ella y la abrazo. Quédate y pélame unas limas para que me contentes, le pido y me acuesto en la hamaca que cuelga de un granado. Ella estira un brazo y corta seis limas, se sienta en el tronco de un manzano caído, picoteado por los pájaros carpinteros, y empieza a pelarlas. No quisiera molestarte con peticiones, pero pasó a verte la Chole Mendoza. Le dije que tú viniste a descansar, que no puedes hacer nada, que ya no eres abogado, pero la pobre mujer insistió y me dejó un casetito. Quiere que lo escuches, que te lo lleves a Chihuahua y lo entregues a los periódicos o a la Procuraduría, donde tú quieras, para que se sepa cómo estuvo lo de su hermano, te acordarás de él, Rubén Mendoza, aquel muchacho tan decente que se fue para México. A lo mejor hasta te lo habrás encontrado por allá, muy formal y muy estudioso. Vino el mes pasado a ver a sus familiares de Chihuahua y éstos se lo llevaron a una boda. Ahí se encontró con Lencho Guadarrama, amigo y conocido suyo. Habrás oído hablar de él, se dicen muchas cosas. Rubén estuvo tomando con él esa noche y después desapareció de la fiesta, hasta que tres días después lo encontraron por el rumbo de la presa Chuvíscar. En la ropa traía una grabadora chiquita, de esas miniaturas que hacen los japoneses. Mi madre deja las limas peladas sobre la mesa y saca del puño de su blusa, donde guarda pañuelos, llaves y dinero, un pequeño casete que coloca sobre la grabadora. Escúchalo, me ruega, para que le aconsejes algo a la Chole Mendoza. Nomás no le prometas nada ni te vayas a comprometer a hacer indagaciones, solamente escúchalo y dile qué puede hacer con eso. Está bien, le digo, métshlo en la grabadora y súbele el volumen. Empiezo a comer las limas partidas en cuatro pedazos mientras mi madre coloca el casete, aprieta el botón de PLAY, se sienta junto a mí y me dice en voz baja que según la Chole se trata de una conversación. El casete da vueltas, se escucha un golpe, luego hay una pausa y se oye la voz grave de un hombre que dice O tú o yo. Después se escuchan ruidos. El casete sigue dando vueltas. Brotan de pronto Los Cadetes de Linares... *De regreso en Sinaloa, Pedro le dice a la Inés Voy viendo que alguien nos sigue, ya sabes lo que hay que hacer, saca pues la metralleta y hazlos desaparecer. En Sonora los rodearon dos carros de federales, le dice la Inés a Pedro No permitas nos atrapen, vuela por encima de ellos, no es la primer vez que lo haces.* El casete se acaba y la grabadora se detiene y se apaga. Hay que ponerlo desde el principio, le digo a mi madre. ¿Lo devuelves tú o yo? Ella se levanta, se acerca a la grabadora y aprieta REWIND mientras repite mecánicamente O tú o yo.

O TÚ O YO

¿Aquí?
Aquí.
Otro día, ¿no?
¿Por qué ahora no?
Ya estoy hasta atrás.
Igual yo.
Me da gusto verte, cabrón.
A mí también.
Te invito mañana al rancho.
Ya vas.
¿Y qué...?
Vamos a platicar.
¿Platicar?
Platicar, nada más.
Pues órale.
Pero derecho.
Siempre hablo así.
Como amigos que fuimos.
Más que eso.
¿Cómo?
Te consideraba mi hermano.

Igual yo.
Pero te fuiste.
Tuve que.
¿Por qué nunca escribiste?
Pensé hacerlo.
Ni viniste.
Se pasa el tiempo.
¿Cuánto hace que...?
Un chingo de años.
Engordaste.
Tú también.
Tú más.
¿Quién se ve mayor?
Tú, por el pelo.
La vida allá es cabrona.
Aquí también. ¿Y qué...?
¿De qué?
¿Y todavía...?
¿Qué...?
¿Mucho pegue con las viejas?
Ni tanto.
¿Por qué?
El tiempo pasa...
¿Y eso qué?
Uno no sabe si lo buscan por uno...
Uno les gusta.
O por la lana.
¿Y qué haces?
¿Dónde?
¿Cómo te va?
¿En qué?
No te hagas.
No te entiendo.
¿Ya ves?
¿De qué hablas?
De lo que haces.
¿Qué hago?

Tus negocios.
Me va bien.
Claro que te va bien.
Como que te molesta.
¿Eres feliz?
Pues...
¿Estás satisfecho?
No mucho.
¿Por qué?
No he hecho lo que soñaba.
¿Quieres hacer más?
Sí.
¿Qué cosas?
Ser gobernador.
¿Y...?
No se ha podido.
¿Y hay esperanzas?
Todo depende.
¿De qué?
De quién quede allá.
¿Dónde?
En México.
¿Conoces a alguien...?
Es como una cascada.
¿Cómo?
Una pirámide.
Y tú...
Una cadena.
Y tú crees que...
Lo voy a lograr.
¿Has tenido problemas?
¿Con qué?
Con tus asuntos.
No.
¿Cómo le has hecho?
No meto las manos.
Tú diriges.

Qué más quisiera.
¿Entonces?
Coordino.
¿Controlas?
Una parte.
Como un enlace.
Si así lo ves.
¿Y la conciencia?
No te entiendo.
Todo tiene consecuencias.
Arriesgo mucho.
Yo digo, los demás...
Cada quien sabe lo que hace.
No te interesan.
Pues...
Sólo tú.
Y mi familia.
¿Te casaste?
Dos veces.
¿Tienes hijos?
Nueve.
Y si un día ellos...
Ellos no.
¿Por qué no?
Porque no.
Estás muy seguro.
Les doy escuela.
¿Y las otras familias?
¿Cuáles?
Las del otro lado.
No es asunto mío.
Es un problema grueso.
No me importan los gringos.
También son gente.
Nos han hecho chingaderas.
Fueron los gobiernos.
Ellos los eligieron, ¿no?

Y tú los chingas.
Se chingan solos.
Tú ayudas.
Que les quiten el...
No es tan fácil.
Si no compraran, no...
¿Cuánto ganas?
Bastante.
Sin ganancias no...
Es mi trabajo.
Pero es un trabajo...
No soy el único.
Lo que pasa es que...
Todos andan en esto.
No todos.
Todos.
¿Quiénes son todos?
La gente.
Yo no.
Porque no quieres.
¿Qué haces con el dinero?
Se pagan gastos.
Y con lo demás.
Se reparte.
¿Con quién?
Con los socios.
¿Y lo que se queda?
Se mueve el dinero.
¿Se mueve?
Sí, se mueve.
O sea que...
Se lava, pues.
¿Cómo?
Con ayuda de personas.
¿Y cómo le hacen?
Invirtiendo.
¿En qué?

Negocios.
¿Cuáles?
En bancos.
¿Nada más?
Bienes raíces.
Por eso suben tanto.
Y en el comercio.
Me imaginaba.
También en carros.
Ya tienes muchos.
No para mí.
¿Entonces?
Para los funcionarios.
¿Cuáles?
Los de arriba.
¿En dónde?
Ya te dije. Arriba.
¿Qué tan arriba?
Bastante.
¿La Judicial?
Por lo regular.
¿La del Estado?
Y la Federal.
¿Dónde más?
Con los Ministerios Públicos.
¿Hasta ahí?
Y con los jueces.
Pero no a todos.
Hasta los magistrados.
No te creo.
Y algunos ministros.
No acuses en falso.
Tengo pruebas.
¿De quién?
De mis amigos.
¿Cuáles?
Los procesados.

82

¿Y qué reciben?
Amparos.
¿Distingues el calor y el frío?
Por favor.
¿Y el día y la noche?
No estoy tonto.
¿El blanco y el negro?
Tengo buena vista.
Te das cuenta.
¿Adónde quieres llegar?
A lo que haces.
Es un trabajo como cualquiera.
No como cualquiera.
Este tiene riesgos.
Y deja más.
¿Y qué chingaos?
Nomás. Para ver quién eres ahora.
Me quieres chingar.
No gano nada.
Quieres sacarme lana.
No necesito.
Me vas a chingar...
¿Cómo se te ocurre?
Si yo te dejo.
Espera...
Fui un pendejo.
Estamos platicando, nomás...
Platicando madres, cabrón...
Déjame explicarte.
Me grabaste todo.
De veras no.
Me vas a delatar.
No, lo juro.
Hijo de la chingada.
Guarda eso.
Guardo madre.
Te lo juro...

Vas a ver.
No, no.
Cómo no.
Por favor.
Tú me perdonarás, pero...
No...
Ahora te chingas.
...
¿Para qué viniste a buscarme?
...
El que busca encuentra.
...
O tú o yo.

Largo silencio en el casete. Se escuchan balazos, voces de hombres dando órdenes, ruidos de carros, trozos de música norteña. Reconozco una polka muy famosa en la sierra: "Una noche en Santa Rosa".

UNA NOCHE EN SANTA ROSA

Santa Rosa amaneció de luto. Nos reunimos temprano en la casa de mi tío Lito para comentar lo que sucedió anoche y decidir qué se debía hacer. Fue peor que una pesadilla, porque uno puede despertar de los sueños y olvidarlos de pronto, sin mayores consecuencias. Como dice mi madre, el dinero rueda y así como llega puede volver. Así también las cosas materiales que se destruyen pueden volver a reponerse. Hasta el susto se cura con una bebida de azahar o con un diente de ajo puesto en un lugar secreto, pero las vidas humanas que se pierden no pueden devolverse.

Cierren las puertas, nos ordenó mi padre al regresar anoche de la plaza. Había ido a divisar el baile que acababa de comenzar en el salón. Llegaron tres trocas llenas de forasteros y dicen que hubo un tiroteo en el retén de La Loma. La música del baile llegaba hasta la casa. Apenas nos habíamos acostado cuando se escuchó un tiroteo. Al rato se oyeron gritos y llantos de mujeres por el rumbo del río. Por la calle se sintieron los pasos de gente que corría. Mi madre y yo salimos al balcón. Se oyó un tiroteo. Les van a dar un balazo, métanse, gritó mi padre. En el balcón de enfrente estaba Nicho, mi primo, que es juez de paz. Dicen que en la otra banda andan tocando puertas. Parece que los forasteros buscan algo. Si nos vienen a tocar, no hay que abrir, nos aconsejó. Hasta el balcón llegaba muy alegre la música del baile. Repetían a cada rato "Una noche en Santa Rosa", la polka preferida de todos. Tratamos de dormir pero a cada rato se volvían a escuchar los balazos. Algo debe estar pasando, dijo mi madre. No pasa nada, la tranquilizó mi padre. Si pasara, ya hubieran parado el baile. Tenía razón, la música seguía. Tratamos de dormir, pero en la calle pasaban las trocas zumbando. Varios hombres discutían en el puente. Después alguien tocó la puerta de abajo varias veces. En medio de la música seguían oyéndose, de vez en cuando, los balazos.

Hoy en la mañana vino muy temprano mi tío Lito a enterarnos de lo sucedido. A la plaza habían llegado al oscurecer tres trocas nuevas, las mismas que vio mi padre, y se estacionaron frente a la iglesia, muy cerca de la Presidencia Municipal. Dos de los forasteros se metieron en la iglesia donde el cura visitante acababa de terminar el rosario y estaba cerrando la puerta. Otros tres se dirigieron a la Presidencia a buscar a las autoridades, pues tenían un problema. Eso dijeron a los dos policías que cuidaban el edificio, quienes les advirtieron que el presidente andaba de viaje. Aquí lo vamos a esperar, respondieron, y no quisieron salir del patio, donde se sentaron a fumar. Los otros forasteros, siete o nueve, entraron primero a la cantina y luego subieron al Salón Plaza, donde se pusieron a bailar. Al poco rato llegaron a la plaza cinco camionetas. Parecen federales, dijo Lucas, el Loco, al verlas pasar a la entrada de Santa Rosa. Siempre está viendo quién entra y quién sale, para eso le pagan, y corre la voz entre los interesados cuando llegan sospechosos.

Hay muchas versiones de lo que pasó anoche, pero un solo resultado: dieciséis muertos y más de veinte heridos. Siete de los muertos son forasteros, de los primeros que llegaron al oscurecer. Los otros nueve son gente de Santa Rosa. Los heridos fueron llevados hoy a San Juanito. Algunos iban muy graves, con pocas esperanzas de llegar vivos.

86

El subagente del Ministerio Público, mi padre, que ocupa ese cargo desde hace quince años, mi primo el juez de paz y yo, pasamos toda la mañana juntando cinco máquinas de escribir y con ayuda de la secretaria de la Presidencia y cuatro maestras levantamos las actas, describiendo las causas de las muertes y las circunstancias de cada una. Levantamos también las declaraciones de la gente que vio cómo cayeron los muertos y de los que estuvieron toda la noche en la plaza, como testigos de lo que pasó. Hasta el cura fue obligado a presentar su declaración. En ausencia del presidente municipal, el juez de paz, por ministerio de ley, certificó las declaraciones y las firmas. Una comisión en la que iba mi tío Lito salió en la tarde para Chihuahua con los documentos, mientras en la iglesia todo Santa Rosa está velando a los muertos para enterrarlos mañana. Mandé varias cartas a Chihuahua contando lo sucedido.

Los judiciales de la Federal, o quienes hayan sido, porque a estas alturas no se puede saber si fueron narcos con credenciales de la Judicial o judiciales con facha de narcos, llegaron a la plaza, bajaron de sus camionetas, sacaron sus pistolas y sus cuernos de chivo, rodearon a la gente que divisaba el baile o que daba vueltas al quiosco y preguntaron por los fugitivos. No hemos visto a nadie. Si alguien se les perdió, búsquenlo, les dijo el Chalelo, un muchacho de Las Ánimas que estaba platicando con su novia en una banca. Ahí mismo lo acribillaron con una ráfaga de metralleta. Yo sé dónde están, les confesó Lucas, el Loco, vengan, y se fue con ellos. Tocaron una puerta lateral de la iglesia y cuando el cura salió lo agarraron a cachazos y lo dejaron tirado en la entrada. Herido, les gritaba que respetaran el lugar, que era sagrado. En la sacristía mataron al forastero que estaba escondido debajo de una cama y en la escalinata del altar al otro, que intentó escapar. De ahí se dirigieron al Palacio Municipal. Mataron a los dos policías que intentaron impedirles la entrada y adentro acabaron también con los tres forasteros que estaban esperando al presidente municipal. En el centro de su oficina juntaron archivos, expedientes, libros de actas y los documentos que encontraron a la mano. A todo le prendieron fuego. Salieron, cruzaron la plaza y tres de ellos se quedaron ahí, cuidando a la gente. Los demás entraron a la cantina que está bajo el Salón Plaza disparando sus armas contra los espejos y las botellas. Tomaron el dinero de la caja y mataron a Silvestre Maturano, el dueño, que se quiso oponer a los destrozos. Golpearon a tres parroquianos que bebían cerveza y balacearon a dos que intentaron correr hacia la puerta trasera que da al patio de los mingitorios. Esculcaron a los que estaban jugando billar y les quitaron dinero, relojes y cadenas. Luego subieron al salón de baile y encañonaron a los bailadores. Ahí se estuvieron casi toda la noche, obligándolos a bailar, mientras cuidaban la única escalera de salida. Esperaban que la gente entregara a los forasteros. El primero en rebelarse fue don Chebo, el del Concheño, quien con su nieto Eusebio, de siete años, quiso salir. Los mataron en la puerta. Varios bailadores que también andaban armados sacaron sus pistolas e intentaron huir. En el balcón y en la escalera quedaron diez muertos, entre ellos tres mujeres y dos niños. A la gente que iba llegando a la plaza atraída por el tiroteo la fueron registrando y acostando boca abajo en el suelo. Ahí los tuvieron toda la noche, después de quitarles las cosas de valor que llevaban. Luego fueron tocando las puertas de las casas, dejando solamente tres guardias en la plaza. Donde no les abrían, ametrallaban ventanas y puertas. Lograron entrar a muchas. Dónde está la droga, preguntaban. Entreguen a esos cabrones, exigían, mientras golpeaban a los hombres y apuntaban con sus armas a las mujeres y a los niños. Registraban todo y se llevaban dinero y joyas. La mayoría de las mujeres jóvenes de Santa Rosa andaban en el baile. Por eso sólo encontraron muchachas de doce a quince años y señoras mayores de cuarenta. Se sabe lo que hicieron con ellas, porque en un pueblo chico no se puede ocultar nada. Todos son parientes o compadres o amigos, pero nadie quiso denunciar eso. Ya bastante tenemos con la afrenta para andarla contando, dijo Feliciano, el padre de dos muchachas. De todos modos, el juez de paz, sin decir nombre ni número de víctimas, levantó un acta sobre eso, porque no debe quedar impune, nos dijo.

Fui al radio. Ahí estaba Damiana Caraveo, que sigue yendo todos los días a esperar al presidente municipal para que le aclare lo que pasó en Yepachi. Conrada le dijo que era inútil que buscara a Julián, porque él tiene otra versión del asunto. Estás muy trastornada por lo que pasó, por eso a fuerzas quieres encontrar culpables. Él mandaba forasteros que querían comprar y rentar las tierras de Yepachi, dice Damiana. Mientes, le responde Conrada, él es un buen hombre. Cercó el panteón, hizo la escuela nueva, arregló la iglesia, echó el agua potable y está abriendo el camino para Sonora. Está compautado con esa gente, afirma Damiana. Tienes muy suelta la lengua, no juzgues sin saber, le grita Conrada. Juzgo porque sé. En la cárcel se saben mejor las cosas de afuera, responde la otra y luego se dirige a mí. ¿Qué te parece, muchacho? La traición y el contrabando terminan con muchas vidas. Acaban también con pueblos. Santa Rosa es ahora un pueblo de puertas cerradas. Un caserío de antenas parabólicas por donde pasa el dinero mal habido. Un mundo de extraños que no se saludan en la calle. Y cuánta soledad hay en las almas. Santa Rosa de Lima tiene lágrimas, pero no son de cera. Está llorando. Quién pudiera llorar así. Pero a mí se me secaron los ojos, porque ya estoy muerta. Empecé a morir cuando galopaba hacia El Madroño. Morí en la balacera de Yepachi. Y seguí muriendo en la cárcel. ¿Dónde estará el cabrón de Julián? Ya se me hace que le va a comprar su tienda a Jacinta. De dónde salió tan generoso. Ya se me hace que te va a cambiar a Chihuahua, le dice a Conrada. Mientras yo esté aquí, él no va a aparecer. No quiere que le vea los ojos cuando me dé la cara. Es que el contrabando y la traición no se llevan. En la cárcel yo comía venganza. Soñaba venganza. Estoy muerta, pero la venganza me sostiene. Voy a empezar con él y no me voy a detener. Cuando me vean pasar por los caminos, la gente dirá Allá va Damiana Caraveo, la muerta en vida, buscando venganza. Es que la traición y el contrabando son cosas incompartidas, pues.

Tres días después mi tío Lito llegó de Chihuahua un poco desalentado. La comisión fue a los periódicos donde los recibieron muy bien. Trae varios recortes que relatan la noche de terror en Santa Rosa. Hablaron también con algunos diputados de la oposición, porque los del PRI no le hicieron caso. El gobernador tampoco pudo recibirlos pero hablaron con su secretario particular, amigo mío, a quien le entregaron una carta de mi parte. Les dijo que el gobernador ya estaba enterado de todo y que al día siguiente los recibiría, en cuanto hablara con su director de Gobernación y con el procurador del Estado. Al cruzar el patio interior del Palacio de Gobierno, mi tío Lito se topó con Dustano Valverde, un paisano de Santa Rosa que trabaja en Chihuahua como técnico de telecomunicaciones. Como Dustano perdió a un hermano menor cuando pasó lo de Santa Rosa, se llevó a mi tío Lito a un sótano del Palacio para que le contara cómo pasaron las cosas. Según mi tío Lito, en el sótano había dos grabadoras de carretes, varios audífonos, refrescos, cigarros, papitas y una cama plegadiza con cobijas. Ahí se graban las conversaciones de larga distancia que llegan de México como medida de seguridad en caso de que alguien asegure que no dijo lo que dijo. Dustano andaba un poco tomado por lo de la pena de su hermano y muy enojado porque no le dieron permiso para ir a Santa Rosa al entierro. Le puso unos audífonos a mi tío Lito y estuvieron toda la tarde tomando cervezas y oyendo conversaciones. Hablaron diciendo de México que en el avión venían las revistas nuevas de *Proceso* en las que se atacaba al gobierno de Chihuahua, para que las recogieran en el aeropuerto. El general Arámbula, muy conocido de mi tío porque fue jefe de la zona militar, confirmó una cita y se enojó porque se la pospusieron varios días. Una mujer que no se identificó habló insultando a las secretarias del gobernador porque no quisieron pasarle la llamada. Un ingeniero de apellido Meouchi recomendó a un contratista que estaba concursando con su empresa para hacer el puente del río Papigóchic. El senador Terrazas, que ahora está en la CTM, pidió informes sobre los huelguistas de Aceros de Chihuahua que se desnudaron días antes frente al Palacio de Gobierno. Oye esto, le dijo Dustano a mi tío, intercambiándole sus audífonos. Están hablando de Santa Rosa. Dicen que fue un incidente, los cabrones. Mi tío escuchó parte de lo que hablaron y Dustano le dio una copia de la cinta, para que se supiera que a todo lo sucedido en Santa Rosa le llamaban simplemente el incidente.

EL INCIDENTE

Qué bonito es Chihuahua, efectivamente [...] cuando usted me invite [...] claro que sí [...] sí, señor [...] a sus órdenes [...] no, no fue así, no fue así como se lo informaron [...] si me permite, yo puedo explicarle lo que realmente [...] usted sabe cómo es la prensa, la de allá y la de aquí, la diferencia es que la de acá es más cara, pero sus chantajes y sus [...] le agradezco que me haya llamado personalmente, porque siempre es mejor que se aclaren los malentendidos [...] sí, de acuerdo, usted debe hacer lo que estime conveniente, pero si tiene un panorama más completo del incidente o sea más [...] no, no quise decir objetivo, pero sí que conozca lo que realmente pasó pero por nuestro conducto y no a través [...] totalmente de acuerdo [...] sí, pobre gente, pero hay muchos que aprovechan estas cosas para sacar a relucir otras o para [...] el incidente [...] sobre todo en su Estado, donde tengo entendido que la oposición no es muy [...] de acuerdo, pero [...] sí, yo entiendo la protesta del Congreso local, pero no me negará usted que quienes están detrás de todo esto son los diputados de [...] perredistas, creo, o más bien panistas, ¿no?, que son los que están más fuertes por allá, verdad [...] mire usted, mis muchachos no son hermanitas de la caridad, porque esa gente, tras la que andamos tampoco son blancas

92

palomas [...] no, no, permítame, no justifico la violencia de ningún modo, simplemente creo que esa gente no se detiene ante la autoridad, ni se intimida con una credencial [...] mis muchachos no pueden llegar a una casa, tocar el timbre y preguntar si vive ahí Caro Quintero o don Neto, verdad, y pedirles que se sirvan acompañarlos a una diligencia en el Ministerio Público más cercano [...] sí, de acuerdo, efectivamente, a veces se cometen algunos excesos producto de las circunstancias, claro [...] se dicen muchas cosas de mis muchachos, se les acusa de todo lo malo que sucede en el país, bueno hasta de [...] sí [...] los asaltos y secuestros en las residencias de [...] ese chisme que han armado los periodistas [...] claro, por supuesto, detrás de todo están los intereses que hemos afectado, nunca como ahora se han dado tantos golpes al narcotráfico, ni han caído tantos mafiosos [...] es natural [...] afectamos a gente poderosa [...] sí, gente [...] criminales [...] se nos revierte la cosa, para desacreditarnos, porque [...] bueno, mis muchachos, como le digo, sí, no van con el manual ese de, cómo se llama, ese, el de las buenas maneras, a aprehender delincuentes [...] antes de [...] perdón [...] antes de que usted haga pública la protesta de su gobierno por lo que pasó en Santa Rosa [...] sí, permítame, por favor [...] de acuerdo [...] efectivamente [...] la cosa es muy sencilla [...] vamos por partes [...] el incidente del retén [...] el retén de Huajumar [...] un tiroteo produce heridos, señor [...] efectivamente [...] huyeron a Santa Rosa, que desgraciadamente se ha convertido en la sucursal de Culiacán, como quien dice [...] mis muchachos fueron hasta allá, efectivamente [...] en la cantina, en el salón de baile, en la iglesia y en la Presidencia Municipal [...] lo de la cantina no es cierto [...] los fugitivos [...] lo que sucede es que, de acuerdo a mis informaciones, usted, mejor dicho sus funcionarios [...] yo qué sé [...] el Tesorero o el director de Gobernación [...] habían clausurado ese antro desde hace tiempo por operar sin permiso [...] el dueño, más bien la viuda del dueño porque éste murió al agredir a mis muchachos [...] están haciendo ruido para presionarlo a usted por los permisos que necesitan [...] inventaron eso [...] de que mis muchachos entraron disparando y destruyeron todo [...] lo del dinero es mentira [...] cuánto cree usted que puede haber en la caja de una cantina de pueblo, y lo de los parroquianos [...] pues sí, es lamentable, pero mis muchachos sólo respondieron la agresión [...] no es fácil distinguir a un [...] sí, a un [...] o sea un ciudadano pacífico, vestido de norteño con camisa a cuadros, botas y tejana, de un narco, verdad, que se viste de la misma manera [...] tampoco [...] tampoco lo del salón de baile fue como lo cuentan [...] sí, efectivamente [...] encerraron a la gente del salón para poder entrar y buscar a los fugitivos [...] cómo cree usted eso [...] bueno, hasta risa me da [...] ya imagino a la gente bailando encañonada toda la noche para que entregaran a los [...] no le suena más bien a película o a novela [...] no sé si usted supo de una obra de teatro así [...] sí, así, donde los militares obligaban a la gente a bailar para que entregaran a un guerrillero [...] ahora se lo están achacando a mis [...] sí, efectivamente hubo un tiroteo y murieron unas cuantas personas, un niño, dos jovencitas, un adulto y un anciano, nomás [...] de dónde sacan tantos muertos [...] suponiendo, sin conceder, que así hubiera sido, qué andaban haciendo esos niños y esos viejos en un baile, dígame usted [...] ahí está la falsedad [...] lo de la iglesia está más cercano a la verdad, aunque no fue así como lo cuenta el padrecito ese [...] mis muchachos encontraron en la sacristía a uno de los fugitivos que por desgracia murió allí mismo [...] no, no fue así [...] el otro, el otro [...] no fue en el altar [...] lo encontraron dentro de la pila bautismal [...] no sé, me imagino que debe ser muy grande, en una iglesia colonial [...] muerto, sí, muerto [...] no, no [...] viéndose perdido decidió suicidarse [...] falso, falso [...] al cura ni lo tocaron [...] se los causaría él mismo, ya ve cómo son los curas de ahora [...] por qué la iglesia da cabida a delincuentes [...] la iglesia [...] la iglesia [...] protege narcos [...] ya ve usted lo que pasó en Panamá, el Papa entregó a Noriega y nadie lo criticó por eso [...] lo de la custodia de oro y lo de la corona enjoyada de la virgen, sí, de la virgen, eso sí que no se lo acepto, mis muchachos son creyentes, no van a hacer una cosa así [...] bueno, eso es más fácil [...] se escondieron en la Presidencia Municipal porque era sábado y ya era de noche [...] lo del presidente municipal es otro asunto [...] se trata de [...] estaba desaparecido desde mucho antes [...]

sabrá Dios si aparezca [...] eso no es de mi competencia [...] temerá alguna represalia o que le finquen alguna responsabilidad, ahí no me meto [...] bueno, los policías municipales recibieron a balazos a mis muchachos en vez de prestarles auxilio [...] las muertes siempre son lamentables [...] sus familiares entraron después [...] entraron [...] ellos causaron los destrozos para inculpar a [...] entiendo su indignación y sus sentimientos [...] qué ganaban mis muchachos con quemar los archivos y saquear eso, dígame qué [...] la policía francesa siempre se pregunta quién sale ganando con el delito para encontrar [...] el incidente [...] estaban peinando el pueblo, casa por casa [...] cómo iban a dejar que la gente circulara por la plaza, tranquilamente, como si fuera un día de fiesta [...] sí, efectivamente [...] a todo el que pasó se le interrogó y se le obligó a permanecer en el quiosco un rato [...] lo que duró la revisión [...] por su propia seguridad [...] qué ganaban mis muchachos con eso, sí, qué ganaban [...] póngase a pensar para qué iban a hacer eso [...] bueno, ni que estuviéramos en guerra para tenerlos pecho a tierra, no cree [...] se lo aseguro [...] le doy mi palabra [...] para qué los iban a golpear [...] simple identificación [...] un rato, nada más [...] por favor, no me diga usted eso [...] no les quitaron nada [...] qué se les puede quitar a esos desarrapados [...] y no fueron más de cincuenta [...] no llegan a [...] es un pueblo muy chico, usted lo ha de conocer [...] perdón, perdón, señor [...] cómo [...] permítame, por favor [...] cuáles violaciones [...] de qué me está usted hablando [...] cuáles violaciones, digo [...] perdóneme, pero ahora sí [...] ahora sí que [...] no le digo a usted que mis muchachos sean unos maricones [...] sí [...] como a todos los hombres, se les sube la calentura y arman sus desmadres en burdeles o en hoteles de paso, pero con mujeres de [...] prostitutas, sí [...] ahora resulta que les van a achacar cuanta violación [...] espéreme [...] espéreme, por favor [...] lo de las jovencitas violadas en la ciudad de México fue otra cosa [...] tengo mis reservas [...] por favor, no me diga usted que no sabe cómo actuó la Procuraduría del Distrito para ocultar sus torpezas [...] presiones, claro, de la prensa amarillista [...] sí, la orden del señor presidente [...] claro, buscaron chivos expiatorios y los encontraron entre mis muchachos [...] francamente [...] sí, francamente [...] yo lo dije públicamente y nadie me rebatió [...] una cosa es que busquemos [...] nos excedemos a veces [...] y otra que andemos violando jovencitas amparados con nuestra placa, hágame el favor [...] estamos afectando intereses muy fuertes, usted lo sabe [...] difamaciones y calumnias, qué otra cosa [...] perdóneme, señor, pero esto no se lo acepto, ahora sí que [...] me está usted ofendiendo [...] no a mí [...] no a mí, señor [...] a la función a mi cargo [...] representamos a la sociedad en la persecución de los delitos [...] le guste o no le guste [...] lo de la soberanía se lo paso [...] lo entiendo [...] aunque usted sabe que eso no puede ser en la práctica [...] la Constitución es otra cosa [...] todo es un solo país [...] lo federal está arriba de lo estatal, sí o no [...] bueno [...] lo saben hasta los niños de la primaria [...] el narcotráfico es un delito federal [...] claro que no [...] imagínese que cada vez que vayamos a dar un paso, pidamos permiso [...] usted lo [...] los convenios son otra cosa [...] ayudar a la justicia, no entorpecerla [...] efectivamente [...] todo el país es México [...] límites o territorios [...] límites [...] la jurisdicción es otra cosa [...] yo también soy licenciado [...] usted es libre y soberano, no [...] dé usted la conferencia de prensa [...] hable a Los Pinos [...] el incidente [...] lo sé [...] lo sé [...] cuando Cuauhtémoc Cárdenas protestó por lo del Mareño quería publicidad, qué otra cosa, ya pensaba pasarse al otro partido [...] que logró, dígame, qué logró [...] usted está en su derecho [...] ya le digo, está en su derecho [...] de acuerdo [...] yo también tengo papeles y actas [...] declaraciones [...] y notarios [...] el señor está enterado de todo [...] claro que lo sabe [...] yo mismo se lo reporté [...] de qué lado está usted [...] de qué lado, sí [...] hágale como quiera, señor gobernador [...] a ver de a cómo nos toca [...] ¿qué? [...] ¿qué? [...] está pendejo [...] yo qué sé del río de la muerte.

EL RÍO DE LA MUERTE

La muerte llegó a Santa Rosa y ya no quiere irse. Fuimos al río a pescar y la muerte fue también, pero no llegó navegando a través de la corriente, sino por el aire, volando.

Ese día pensábamos ir al Yoquivo, al rancho de los Armenta, pero al estar almorzando cambiamos el rumbo. Mejor vamos al río, me dijo mi padre, para que pruebes los pescados y conozcas la nueva carretera que hizo tu primo Julián. Ahora se acortó el camino y sólo se hacen dos horas en troca, en vez de un día a caballo. La gente del río podrá traer sus naranjas y sus cañas a vender a Santa Rosa, comentó mi madre. Y los narcos podrán viajar más fácilmente a ver sus siembras, agregó mi padre. Mi sobrino cumplió su promesa de hacer la carretera, ya si se hace mal uso de ella, eso no es su problema, respondió ella con sequedad. Cuando quise subirme a la troca, vi en la cabina a dos mujeres sentadas junto al Ventarrón. Pobres, me dijo mi padre, van para el río a ver a unos parientes, no podemos negarles el aventón. Nos iremos atrás para ir platicando. Pero atrás tampoco había lugar. Ya estaban acomodados tres mineros, amigos de mi padre, que iban para La Pelotera, una vieja mina inundada que pensaban rescatar; dos braceros que recién llegados del otro lado que aprovecharon la troca para acercarse a sus ranchos; un par de fayuqueros que iban a vender manteles y cobijas de Aguascalientes; y un joven de veinte años, flaco, pálido, como güero desabrido, con un pequeño bigote rubio, dientes amarillos y unos ojos azules que no miraban de frente. Es un ahijado de tu madre que vive en Meparico. Yo no quería llevarlo porque dicen que anda metido en la yerba y si nos salen los judiciales en el camino, pueden pensar que somos socios, pero ya ves cómo es ella. Llévense a mi ahijado, el narquito, me rogó. Los judiciales no andan ahorita por acá, y si no le das el aventón se me va a sentir mi comadre, qué pensará, que nomás estuvimos listos para comernos los quesos que nos mandó regalar y que no somos capaces de darle un aventón al muchacho.

La troca empezó a subir el cerro de la Mesa Seca, con sus eternas vueltas que van ascendiendo, como un listón color de tierra, desde la huerta del Loco Lucas hasta el puerto de Los Pinitos. Santa Rosa aparecía y desaparecía detrás de las lomas, con sus balcones y techos de lámina, con sus puentes y calles encontradas. A los lados de las brechas se veían cabinas, ejes, redilas y motores de trocas tirados entre huizaches y mezquites. Aquí se mató el Menón, decía mi padre, cuando estaba abriendo esta carretera, se le volcó el tractor y se fue hasta abajo. Lo recogimos hecho pedazos y lo mandamos en una bolsa grande a Cuauhtémoc, porque no hubo tiempo de hacerle una caja. Allá se mató Silvano, que quiso subir la cuesta con su troca, pero venía borracho y le fallaron los frenos. En aquel arroyo se volteó una troca con los estudiantes de la secundaria. Murieron cinco y uno quedó tullido y loco. Los pasajeros se fueron quedando en la Mesa de la Chayo, en Los Alisos, en El Crestón, en El Mirasol. Nomás golpeaban la cabina de la troca, que bajaba la velocidad un poco, y entonces saltaban y se perdían por las veredas. Sólo quedaba el ahijado de mi madre, que llevaba una red de mandado entre las piernas, con café, cajitas de Royal, carteras de Mejoral, Maizena, cigarros Faros, velas y jabones. Al pasar El Salsipuedes y tomar camino para el río, el ahijado ni gracias dijo y brincó de la troca sin pedir que se parara, metiéndose entre los matorrales y los pitayos. El mundo está perdido, mijito. El ahijado de tu madre tiene fama de bandido, vivió siempre desde niño entre yerba, polvo y plomo. Su padre fue un traficante que no respetaba a nadie y fue quien le enseñó el camino. Quince años tenía Ramiro cuando su padre le dijo Vas a llevar este encargo, con tu vida me respondes, tú sabes cómo lo pones en Condado de Hidalgo. Así empezó su carrera. Tiene una troca nueva, americana, pero como debe estar fichada, se vino en ésta. Tiene mujer e hijos, y siembra yerba allá por Meparico. Dicen que anduvieron ayer los helicópteros por aquel rumbo, por eso va como con miedo, a ver qué encuentra.

Fuimos bordeando el río. En la otra banda había casas nuevas. En los arenales se veían varias trocas y gente bañándose. Seguimos sin detenernos para buscar, río abajo, a Porfirio Santos, el Pilo, que vive cerca de un vado y siempre tiene truenos. Dejamos la troca en una sombra y subimos a pie hasta la casa del Pilo. Al pasar por una milpa oímos la voz de un hombre que cantaba adentro de una troje. *Era bonita la hembra, ya nadie podrá negarlo, lástima que fuera novia de un maldito traficante. Ella estaba enamorada de aquel hombre tan canalla, era su primer amor, por él arrastraba el alma. Proposición muy canalla aquel hombre le ofreció, que le llevara una carga, y así creería en su amor.* Pariente, pariente, pariente, agárreme los perros, gritó mi padre. No muerden, pariente, se oyó la voz de un hombre que luego salió de la troje. En el río todos se dicen parientes, costumbre que viene de muchos años atrás, desde que mis tatarabuelos arrendaban sus tierras y a quien fuera pariente le cobraban la mitad de las rentas. Pilo Santos vino a nuestro encuentro rodeado de tres perros que nos ladraban. Alto, fuerte, de cabellos rubios muy largos y barba de varios meses, se acercó a saludarnos de mano, tocándose antes el ala del sombrero en señal de respeto. Véndenos pólvora porque queremos echar unos truenos en tu vado. Apenas se puede creer, le dijo el Pilo, que tú siendo minero no tengas pólvora, Epigmenio. Y apenas se puede creer,

99

le contestó mi padre, que tú, teniendo tan buen trabajo en Nogales, te hayas venido acá a vivir como ermitaño. Por poco tiempo, Epigmenio, por poco tiempo. Voy a volver cuando salga de pobre. Nomás voy a sembrar este año y luego me iré a juntarme con mi mujer y mis hijos. ¿Y si no vuelves? Ya ves cómo andan las cosas. ¿No les tienes miedo a los helicópteros? Óyelos, cómo zumban. No te asustes, Epigmenio, no te asustes. Son mis avispas. ¿Quieren tantita miel? Del techo del portal de la casa colgaban diez o doce panales de avispas. Probamos la miel con cacahuates, que el Pilo sembraba en los arenales, junto a la casa, y nos fuimos al río. Ahí, mi padre encendió la mecha y aventó el trueno al centro del vado. Con la explosión se alzó una columna de agua como una fuente y aparecieron en la superficie los peces con sus vientres plateados. Entre los cuatro, nadando contra la corriente, los fuimos arrojando a la arena.

Pilo Santos se puso serio de repente y se quedó inmóvil, escuchando. Vienen los helicópteros, dijo, y nadó hacia la orilla. Lo seguimos y desde una laja azul vimos cómo los helicópteros venían río abajo, muy lejos, volando a pocos metros del agua. Desde allá nos llegó el ruido de las metralletas. Los helicópteros disparaban a la gente que salía del río y corría por la arena. Sólo están jugando, los quieren asustar, dijo mi padre. Los están matando, aseguró el Ventarrón, que tiene buena vista. Como caen los soldados en las películas de guerra cuando los aviones enemigos arrasan los campamentos, así caía la gente que corría en los arenales buscando refugio entre árboles y piedras. Así caían hombres y mujeres, grandes y niños. Los tres helicópteros se devolvieron y regresaron río arriba, perdiéndose detrás de un cerro. Son judiciales, dijo el Ventarrón. O soldados, respondió Pilo Santos, que había perdido la sonrisa. O es una venganza de narcos, agregó mi padre. El Pilo Santos volvió a ponerse tenso. Vienen otra vez. Se escucharon los helicópteros que aparecieron volando río abajo rumbo a nosotros. Las metralletas traquetearon de nuevo. La gente que había salido de sus escondites volvió a correr. Los helicópteros regresaban a matar a los sobrevivientes. Vienen para acá, gritó Pilo Santos. Métanse al agua. Nos metimos al río, pegándonos a las rocas. En los carrizos, detrás de los carrizos, me decía mi padre, empujándome. Los helicópteros volaban arriba de nuestras cabezas y disparaban. Sólo se escuchaban sus motores, el traqueteo de las metralletas y los silbidos de las balas que rebotaban en las piedras. Dieron dos o tres vueltas. Luego se alejaron río abajo. Ahí estuvimos mucho tiempo, metidos en el agua, entumidos y con calambres, esperando su regreso. Cuando salimos estábamos temblando. El Ventarrón se abrazó a un mezquite, llorando. No te rajes, le gritó mi padre. Al otro lado del río estaba Pilo Santos. Su cuerpo quedó en la orilla, atravesado boca arriba, con las piernas metidas en el agua y con los brazos cubriéndose la cabeza.

Los muertos fueron velados allá en los portales de las casas del río. De Santa Rosa fue el Ministerio Público a dar fe, pero nadie quiso levantar cargos. Para qué, sólo vieron helicópteros que disparaban. Serían de soldados, de judiciales, o de narcos, quién sabe. La gente del río enterró a sus muertos sin quejarse y sin reclamar castigos. Nosotros regresamos el mismo día a dormir a Santa Rosa, para que la noticia no le fuera a llegar antes a mi madre. No vas a volver a salir a ningún lado, me ordenó. Te encerrarás en la huerta a escribir y por ningún motivo vas a contar lo que viste. Haz de cuenta que fue una pesadilla y que ya despertaste. Si quieres historias, mejor yo te las cuento, o que lo haga tu padre, que las ha vivido de cerca. Olvídate de ese viaje a Yoquivo que pensabas hacer. ¿O quieres ir a buscar la muerte a ese lugar? ¿No te das cuenta de lo que está pasando? ¿Quieres desaparecer como tu primo Julián? Es más, dijo mi padre, ese pueblo ya no existe. Está abandonado. Ahí no vive nadie. Los Armenta se fueron. Ya no quedan ahí ni cuidadores. Los alejó el miedo. El Yoquivo se acabó desde la boda de Valente Armenta. Su última boda.

SU ÚLTIMA BODA

Las bodas en los ranchos no tienen tiempo. Como pueden ser de tres días, pueden durar una semana y hasta un mes. La boda de Valente Armenta con Rosario Fonseca duró tres días, nada más, pero no fue por falta de ganas, ni de dinero, sino por un percance. Lástima que no haya terminado bien, porque iba a ser una boda muy rumbosa. Vino gente de la frontera, de Guadalajara, de México, de Chicago, de Los Ángeles y de Miami. Tres matanceros que bajaron de El Santísimo mataron quince reses y se mandaron traer cuarenta indias uarojías de Las Trojas para que hicieran las tortillas. De San Juanito llegaron tres tráileres con cerveza y doscientas cajas de brandy. De Sinaloa llegó la Banda Sinaloense El Recodo, de Monterrey Los Cadetes de Linares, y de Laredo, Carlos y José. Las trocas se fueron estacionando a los lados del camino, entre los encinos, los corrales y los llanos. Los que llegaron tarde tuvieron que dejarlas muy lejos y caminar casi un kilómetro. La boda fue a mediodía. Los casó un cura de Chínipas y un juez civil de Ocampo, porque el Yoquivo, aunque esté más cerca de Santa Rosa, pertenece a otro municipio. Todo mundo andaba muy estrenado. Las mujeres que llegaron de fuera traían vestidos largos y tacones altos. Los de acá pantalones y botas vaqueras. A la novia se le manchó luego el vestido blanco con el barro rojo del patio y más se ensució en la tarde, cuando se soltó un chubasco y todos corrieron a protegerse en la casa y en los establos. El aguacero repentino les bajó el peinado a las mujeres de fuera y empapó los trajes de los forasteros. El agua igualó a todos, porque entre el lodazal y los chorros no se sabía quién era quién, paisano o forastero, pobre o rico, narco o autoridad. En el Yoquivo había de todo.

Qué contento se veía Valente Armenta y cómo se pavoneaba con su traje gris vaquero. Él, que siempre tuvo el gesto serio y la mirada esquiva, ahora veía de frente, sonreía y recibía a los invitados en la entrada del rancho, hasta que Rosario lo llevó al portal y lo obligó a bailar. Ah, cómo se empezaba a divertir la gente. Había contratado a muchos artistas, pero sólo alcanzaron a presentarse tres. Lucha Villa fue la primera. Se mojó todita, la pobre, mientras cantaba, y en un instante se le fue la voz. Dicen que desde entonces se quedó así, con ese tono ronco que se le oye en el radio. Tony Aguilar llegó al día siguiente, sin caballos, sin escaramuza, sin Flor Silvestre y sin Toñito. Vino solo, por puro compromiso, porque era amigo de Valente, nada más. Y luego llegó Vicente Fernández, contratado por varios días, aunque tuvieron que regresarlo a Guadalajara en la tarde, porque se emborrachó y le echó bronca a varios invitados; hasta se lió a golpes con el Tino Valenzuela, el del Porvenir, que borracho le pedía "La ley del monte". Si no los separan a tiempo, ahí mismo hubiera quedado el Chente, porque los Valenzuela son muchos y muy atrabancados y aunque él sea un artista del pueblo, pues no son formas ni maneras de agredir a la gente. En esta boda todos andaban muy contentos, bailando en los portales, en la sala y en los patios. La verdad es que nadie estaba seguro de que Lucha Villa fuera Lucha Villa, o que Tony Aguilar fuera realmente Tony Aguilar, o que Vicente Fernández fuera el verdadero Vicente Fernández. Es que ahora hay muchos vivales y dobles que se parecen a los artistas y van por palenques y rodeos cantando como ellos, a veces hasta mejor, y la gente no se da cuenta del engaño hasta que un conocido dice que no puede ser, que él vio ese mismo día en un palenque de Obregón a Pedrito Fernández y la comadre le dice Está equivocado, compadre, ese mismito día, que era de San Juan, yo lo vi en un rodeo de Cuauhtémoc y hasta me dio un autógrafo y nos tomamos una foto, mire, aquí estamos juntos. Yo me pregunto si los verdaderos artistas lo saben y están compautados y parten las ganancias o, si sabiéndolo, no pueden hacer nada.

La comida y la cerveza se sirvió en platos de cartón traídos de El Paso con adornos de encaje y con dos letras doradas, V y R. Había tanta gente que los excusados no se dieron abasto y todos tenían que hacer sus necesidades atrás de la casa, en el arroyo y en el monte, entre las matas. La mitad era casi pura familia, porque la parentela de los Armenta es muy grande. No todos ellos son malos, ni todos buenos. Siempre hay quien tiene el corazón más negro que el de los demás, y otros que se pasan de inocentes. Doña Filomena y don Darío Armenta, que con su puro trabajo levantaron el Yoquivo, no eran gente mala de por sí. Pero sus cuatro hijos no les mamaron los alientos en la misma forma. Valente, el mayor, y Rogelio, el tercero, agarraron el camino malo. Sotero, el menor, y Rómulo, el segundo, fueron los polos opuestos de sus hermanos. Así compensa Dios a las familias. Unos son la yerba y los otros la contrayerba. Unos vienen con veneno y los otros traen el contraveneno. No todos los dedos de la mano son iguales, y cuál es el que va a salir bueno, nunca se sabe. Todo depende de cómo vivan sus vidas los chamacos. Valente se echó a la calle desde muy chico y tuvo muchas mujeres. Su última boda fue esta, con Rosario Fonseca, mujer de Sinaloa. A Valente lo acompañó toda su familia. Rómulo, el del Madroño, se casó con Felícitas, aunque tuvo otras mujeres fuera del matrimonio, como Conrada, la mamá de Candelo, a quien nunca reconoció como hijo. Sotero, el más callado, trabajador y

104

honrado, marido de Altagracia, la de Las Tahonas, una mujer ambiciosa, tú la conoces, mamá de la Reina, que ha sido la cruz de su marido, siempre le ha reclamado su pobreza honrada porque ella hubiera querido que él fuera chutamero. Y Rogelio, que vivía con su esposa Damiana en Los Táscates, un rancho muy bonito, con casa de alto, muchas reses, pinos, agua zarca y buena tierra para sembrar papas. La novia, Rosario Fonseca, no era de por acá. La conoció en Culiacán. Ella era de familia mala. A la boda asistieron tres de sus hermanos. José Dolores, el menor, muy bien parecido, muy atento el muchacho, muy saludador pero muy loco, muy desordenado, y cómo no, con esos padres que tuvo, famosos en Sinaloa por sus negocios sucios. Le Güera Rosenda, una escuincla muy enamorada que se quedó en Santa Rosa y se convirtió en asesina. También vino Manuel, el hermano mayor, que vivía en Los Ángeles y que después volvió por acá, huyendo, y compró El Edén, aquel rancho abandonado de don Pascual. A Santa Rosa llegó con Rosalba, una mujer callada que luego sacó las uñas y se metió con el viudo José María, el de El Rosedal.

Ella fue la culpable del enfrentamiento entre los dos hombres. Así se junta la gente. Es que el mundo es muy pequeño. Quién iba a pensar que José Dolores, el cuñado de Valente, acabaría casándose con Jacinta, la hija de Sotero, la Reina, pues, y que Manuel Fonseca se convertiría en enemigo jurado de José María, primo segundo de don Darío, el padre de Valente. Y que Damiana, la mujer de Rogelio, fuera media hermana de José María. Él era un buen hombre, fiel al recuerdo de la finada Simona, su mujer hasta que conoció a la tal Rosalba, la que trajo de Los Ángeles el mentado Manuel. Simona tenía un hermano de nombre Eloy que se fue a trabajar de judicial a Tijuana, y que estuvo muy enamorado de la Saurina, te acordarás de ella, aquella mujer de naguas largas y grandes arracadas que venía con los húngaros cada año a adivinar la suerte, a vender yerbas y a curar a la gente con té de piedras preciosas, gemas, amatistas, esmeraldas, rubíes, granates. Eloy la conoció aquí, una vez que vino sola, mucho antes que pasara lo de El Rosedal. La pretendió y le ofreció casa, pero ella nunca aceptó. Decía que su madre le había echado una maldición y que tenía que andar dándole la vuelta al mundo, sin descanso. Por eso es que venía cada año nomás. Muchos la llegaron a ver en Mazatlán, en Puerto Escondido, en Tampico, en Veracruz, en Cancún, en puros puertos y playas, será que ahí se embarca. La última vez que la Saurina estuvo por acá fue cuando pasó lo de El Rosedal. Las gentes y las parentelas son como las raíces de los encinos, que crecen y crecen y se tocan debajo de la tierra y se juntan. Son como las nopaleras tupidas. Uno no sabe dónde acaba un nopal y dónde empieza el otro. Así se mezcla la gente. Familias enemigas terminan siendo amigas por una boda, como pasó con los Salcido, que aclararon en la de Valente el robo de un ganado y sanseacabó la enemistad; y familias amigas acaban de enemigas cuando les cae el luto por un muerto imprevisto que les ensombrece las vidas de repente. Yo creo que doña Filomena y don Darío Armenta nunca imaginaron el destino de sus hijos, nietos, nueras y yernos. Unos viven todavía, otros descansan en el panteón y algunos están en capilla, por culpa de la chutama. Unos andan libres, otros están entre cuatro paredes y muchos viven huyendo.

La boda de Valente Armenta acabó mal. Valente estaba platicando muy entretenido con Israel Montes, un socio de Tijuana que llegó acompañado de la hija de un senador de Tamaulipas, una muchacha fina, estudiante en Suiza, según contaron, cuando le fueron a avisar que le hablaban por radio de Chihuahua. Que me dejen el recado, dijo. Volvieron a insistir, que tenía que ser personalmente. Ve a contestar, le pidió Israel Montes, y sirve que mientras bailo una tanda con Martha. Ve, hombre, te han de querer felicitar. Valente se metió en el cuarto del radio. Luego salió muy descolorido y mandó buscar a sus hermanos que estaban tomando detrás de la casa, atendiendo a unos políticos que habían llegado de Sonora. Valente se encerró en el cuarto del radio con sus hermanos. Vienen los judiciales, les dijo. Salieron esta madrugada para acá. No puede ser, comentó Rómulo. Pues para qué fregados sirve el comandante Baeza, por qué no lo trajiste a la boda. Lo invité, pero me dijo que mejor se quedaba en Chihuahua para prevenirme de cualquier bronca. Qué hacemos, preguntó Valente. Ya ves, le reclamó Sotero, por andar con esos negocios chuecos. No es hora de reclamos, dijo Rogelio, cada quien a su oficio y a su beneficio, además, ni ha de ser cierto, lo hacen para amargarnos el rato. No hay que hacer caso, acordaron todos y se salieron a seguir la fiesta.

      Pero Valente no se quedó conforme. Su sexto sentido lo previno. Prendió el radio y checó el aviso en Hermosillo; allá no sabían nada. Habló para Culiacán y tampoco, no había novedades. Ya iba a apagar el aparato cuando entró el radio de Huajumar. *Yoquivo, Yoquivo... Aquí Huajumar. Acaban de pasar los judas por el entronque... Estarán en el rancho en veinte o quince minutos...* En voz baja, hablando en clave para no alarmar a la concurrencia, los hermanos fueron pasando la noticia a los interesados. Y aquello fue un corredero. La gente se desparramó en un segundo como por arte de magia. Todos ganaron para el monte, dejando mujeres, niños y trocas. Era cosa de asombro, no de risa, ver a la gente de otras partes que llegó tan perfumada correr en el llano, por las laderas, y subir casi a gatas los cerros, escondiéndose entre los chaparrales y los huizaches. Valente agarró a la novia de un brazo y la arrastró hacia un arroyo y luego por los corrales y por la ladera, sin importarle que se le rompieran los tacones y que el vestido blanco se le fuera quedando en pedazos prendido en las ramas de los mezquites y en las espinas de los pitayos. Así llegaron con la ropa hecha jirones hasta el campo de aviación que tenían escondido cerca del rancho. El piloto, que cuidaba día y noche la avioneta, echó a andar el motor cuando vio venir a la pareja de novios corriendo entre los matorrales y haciendo señales con la mano. Ya estaban adentro de la avioneta cuando los judiciales rodearon la pista. El aparato se elevó en medio de una balacera y se perdió rumbo al sur, por el arroyo de Los Amoles. Los judiciales se quedaron ocho días en el rancho, esperando a que volvieran los invitados. A su modo, ellos celebraron la boda de Valente y de Rosario, sin novios de verdad, claro, nomás la parejita de azúcar que encontraron arriba del pastel de seis pisos, y que agarraron de blanco y con sus pistolas la volaron en mil pedazos, haciéndola polvo.

Valente y Rosario se salvaron de estos judiciales, como se salvarían después, otras veces, pero no pudieron escapar de su destino, porque estaban condenados a destruirse uno al otro, para pagar lo que hicieron antes de conocerse. Porque cada uno, en su tiempo y a su modo, no supo valorar el amor que les dieron y que dejaron pasar. Comenzaban ahora, con esta luna de miel, un infierno juntos. Es que el amor y la ambición no se llevan, dice el corrido. *Cuando una hembra así quiere a un hombre, por él puede dar la vida, pero hay que tener cuidado si esa hembra se siente herida, la traición y el contrabando son cosas incompartidas.* El amor los quemó, porque desde que la avioneta los elevó al cielo, ya estaba humeando el tizón.

ESTABA HUMEANDO EL TIZÓN

Es domingo a mediodía. Mientras escribo escucho a los aleluyas que empezaron a cantar desde antes de que saliera el sol. Estoy en la huerta, bajo los granados, cerca de la chiva que va a morir esta tarde. Sólo nos separa una tela de alambre. A media mañana cesó el canto que llegaba desde el Espinazo del Diablo y se oyó la voz de un hombre joven que, exaltado, hablaba del trabajo que ordena la Biblia y del desempleo y la pereza. Luego unas niñas cantaron muy lentamente, como deletreando hojas escritas. Ahora rezan un salmo los adultos, mientras la chiva camina de un lado a otro del patio donde está presa, pisando la pastura que no ha querido comer y olfateando el maíz y el frijol que dejó sin tocar. Está en capilla. A lo mejor ya sabe que va a morir pronto, porque se acerca a la tela de alambre, me mira, me reclama con una mirada profunda, o me pide ayuda, quizá, y luego echa una carrera, se aleja y vuelve a mirarme desde lejos. El Pirata le ladra, la asusta y la hace correr de nuevo. Los cantos de los aleluyas que elevan salmos por las ovejas descarriadas de su rebaño se confunden con la queja de la chiva, acaso porque ayer matamos a su compañero para hacer una discada.

La discada es una costumbre que trajeron los narcos. Aquí se usaban las tamaladas bajo los árboles de las huertas; luego se pusieron de moda las barbacoas, hechas en ollas enterradas con carbones encendidos; y después vinieron las parrillas que se hacían en rejas de fierro que vendía muy baratas Tomasito Meraz, el herrero. Ahora se usan las discadas. Es un disco de fierro que tiene una cavidad en el centro donde se fríe la carne de res con papas, chorizo, jamón y verduras de toda clase. Acá en Santa Rosa, donde se come más el chivo que la vaca y donde no existen verduras, se hizo una adaptación y en vez de pulpa de res se ponen trozos de costilla, lomo, paletas y cuartos de chivo con mucho chorizo, cebolla, tomatillo y chilaca, nada más.

Vinieron a la discada mi tía Lydia y su hijo Cheché, quienes me regalaron los dos chivos. Estaba humeando el tizón cuando llegaron con mi tío Lito. Anda muy apesadumbrado por la desaparición de Julián y vino a pedir consejo a mi madre. Primero vas a comer algo, le dijo ella, porque con el estómago lleno pensarás mejor lo que debes hacer. Prueba esta salsa de chile piquín con vinagre, lo animó. Le serví una cerveza que saqué de la noria donde estaban enfriándose dentro de un balde, mientras mi padre atizaba la lumbre y mi madre colocaba tortillas y platos en mi mesa de trabajo, junto a la Smith Corona. Comimos la discada oyendo corridos de contrabando. *Estaba humeando el tizón y es que querían poner caldo, voy a cantar un corrido que no podrán olvidarlo, y es que atizaban el horno de la caldera del diablo*, cantaban en la grabadora Los Cadetes de Linares, refiriéndose a R-1, que no es otro que Rafael Caro Quintero, socio de Valente Armenta. Cuéntame de tu amigo Valente, le pedí a mi tío Lito, su vida, sus mujeres, sus hijos, sus homicidios, de cómo lo agarraron y qué sentía en la peni de Chihuahua, donde lo visitaste. Mi tío se quedó pensativo. No, pues sé poco de él. Pero cómo, Lito, le dijo mi tía Lydia, si fuiste su amigo toda la vida, si sólo a ti te respetaba. No, éramos amigos así nomás, por encimita, contestó él. Cómo, Lito, le reclamó mi padre, si tú mismo me contaste las barbaridades que hacía.

110

¿Sería yo?, preguntaba mi tío. Eras tú, quién más, aseguraba mi padre. Acuérdate, cuando yo era Ministerio Público y fui en avioneta hasta El Santísimo para aprehenderlo, todo lo que me contaste allá y las recomendaciones que me hiciste. Si hasta me diste la lista de las muertes que se le achacaban. Estás confundido, Epigmenio, contestaba mi tío, ha de haber sido Donato Solano o Marianito Silvestre. Ellos sí lo conocían bien. Ante su silencio, mi tía Lydia se puso a contar lo de las elecciones pasadas. Ahora sí quiso hablar mi tío Lito, que fue el autor del triunfo del candidato ganador. Ya se te pasó el turno, le reclamó su hermana. Y cómo no iba él a querer contarlo todo, si fue quien empezó las reuniones en su casa, con sus amigos y parientes, sondeando, calculando, sensibilizando a la gente para escoger por consenso un candidato limpio y dar la batalla a los otros, a los enemigos, a quienes tenían un buen gallo, un ingeniero maduro que trajeron de Chihuahua aunque era originario de Santa Rosa, ingenuo quizá porque no sabía que su candidatura estaba siendo financiada por los narcos, o si lo sabía se hacía pendejo. El grupo de mi tío escogió como candidato a Julián, mi primo, un joven ranchero sin estudios ni experiencia política pero muy bravo, enemigo jurado de los otros, quienes no pudieron sobornarlo, hace tres años, para que rentara las tierras del ejido a los narcos. Mi tía Lydia contó cuánto gastaron unos y otros en las campañas y cómo rescataron los padrones verdaderos, porque en los que traían los otros aparecían hasta los muertos del panteón; y cómo el día de las elecciones se cuidaron las casillas y cómo se hicieron los recuentos en las rancherías; y cómo tenían que custodiar las urnas que traían a caballo desde lugares lejanos y cuántas no llegaron por los asaltos en los caminos; y cómo los contrarios sobornaron al delegado que venía de Chihuahua para falsificar actas y cómo intentaron rellenar las urnas con votos falsos; y cómo los descubrieron a media noche haciendo la alquimia en una bodega y cómo tuvieron que ir varias comisiones a Chihuahua a impugnar los resultados, hasta que allá reconocieron el triunfo de Julián.

Antes de que el chubasco acabara con la discada, mi tío me sacó para un lado de la huerta, como que íbamos a mear cerca de un aguacate apartado. Muy socaposo me mostró un sobre que abrió con cuidado. Adentro había un recorte de periódico en el que yo declaraba que vendría a la sierra a escribir el guión de una película para Tony Aguilar, precisamente a Santa Rosa, el centro del narcotráfico serrano, donde podría encontrar un argumento real. Es cierto, le dije, a eso vine, porque en México no se me ocurría nada. Entonces me mostró dos pedazos de papel que venían en el sobre, muy arrugados, escritos a máquina, con errores ortográficos, dirigidos a mi primo Julián. En uno le decían que previniera a su primo que venía de México a escribir sobre los narcos, porque no lo iban a dejar llegar. En el otro le pedían dos millones de pesos a cambio de entregarle un par de credenciales, que aseguraban fueron expedidas por el Ayuntamiento y firmadas por el presidente municipal, en las que aparecían dos conocidos narcos, primos maternos de Julián, que fueron encontradas en el lugar donde hubo un enfrentamiento entre narcos y judiciales. Uno de los textos estaba escrito con una cinta muy gastada y el otro con un tipo común de máquina Olivetti, como las Lettera 36. Tu mamá no te los quiso mostrar para no preocuparte, pero Julián los recibió hace un mes, desde que avisaste tu llegada. Durante el tiempo que ha sido presidente han llegado muchos anónimos como estos, y él los tiene guardados en una caja fuerte, por si alguna vez sirven de algo. El secuestro de Julián, dijo mi tío apretándome un brazo, tiene que ver contigo y con estos papeles, así que más vale que te cuides y no andes saliendo de Santa Rosa. Es más, agregó con voz grave, mirándome a los ojos, se podría decir que tú en parte eres culpable de lo que le pasó a Julián. No, no en parte, rectificó, tú eres la única causa de que mi hijo esté desaparecido. Por qué fregados tuviste que venir a chingarnos, si aquí estábamos en paz.

Volvimos a la discada y escuchamos a mi madre discutir con mi padre sobre un cuaderno perdido. Dónde lo pusiste, le preguntaba, te aconsejé que los guardaras para cuando llegara tu hijo. Lo tiré con los papeles viejos que saqué del librero grande, respondía él, pero ahora que me acuerdo creo que lo eché en la caja que está debajo de la escalera del patio. Pues ve rápido y búscalo, porque esos papeles los usan las muchachas para prender el bóiler. Fui con mi padre al baño de las sirvientas. Ahí estaba humeando el tizón, en las manos de las dos, hincadas en el piso, atizando el bóiler con papeles y ocotes. Mi padre le arrebató a una de ellas un cuaderno rojo, de papel corriente, marca Polito, que tenía las hojas escritas a mano, con mala letra. En la pasta, a lápiz, con los rasgos fuertes de la letra de mi madre, se leía "Carta de Valente Armenta".

CARTA DE VALENTE ARMENTA

A quien corresponda:
Escribo esta carta el 24 de octubre, día de San Rafael, para dar un pormenor de mi vida, para desahogarme y para que los que me encuentren mañana conozcan la verdad de muchas cosas que se cuentan de mí, Valente Armenta Rosales, hijo de Darío Armenta Ponce y de Filomena Rosales Roque, finada, originarios los dos de Sepayvo, municipio de Santa Rosa, y el que escribe, nacido en el Santísimo de Arriba, de treinta y tres años de edad, casado, luego viudo y vuelto a casar, separado y casado otra vez con Rosario Fonseca Ramos que vive en la ciudad de Chihuahua, de primera ocupación ranchero, aunque hace mucho que no me ocupo de eso, hará como quince años, porque me hice especialista en armas de fuego, o sea armero, porque sé componer rifles, pistolas o lo que sea, oficio que aprendí de mi señor padre, y éste de mi abuelo, Filemón Armenta Anguiano, oficio que, antes de dedicarme a otros asuntos, practiqué mucho tiempo con mis hermanos Rómulo, Sotero y Rogelio, a quien no he vuelto a ver hará cosa de tres años, por causas que luego explicaré.

Mi señor padre me dio escuela hasta la edad de doce años, que fue cuando la abandoné, cursando en ese entonces

114

el cuarto de primaria con la profesora Socorro Banda Oaxaca, en el pueblo de Santa Rosa, debido a que tuve que irme al Santísimo de Arriba a hacerme cargo de la casa, por ser el mayor de mis hermanos, pues mi señor padre fue llevado de urgencia a la ciudad de Álamos para que fuera visto por un médico, ya que tenía un dolor muy fuerte en el pecho que le quitaba el resuello y no lo dejaba ni caminar.

Cuando él regresó ya no quise volver a la escuela por haberme acostumbrado a la vida libre y por tener el deseo de empezar a trabajar desde chamaco, no porque me faltara el sustento, sino porque quería ganarme la vida por mí mismo. Mis hermanos, siguiendo este mi mal ejemplo, también dejaron la escuela y volvieron al Santísimo de Arriba, donde pasábamos los días de sol y las noches de luna practicando el tiro al blanco con las armas que nuestro señor padre guardaba en su cuarto y en el tejabán de la cocina. Esto lo hacíamos con su debida licencia, pues él tenía interés en que desde chamacos aprendiéramos a defendernos, por vivir nuestra familia en un lugar tan alejado y con tantos peligros, y por tener mi padre algunos enemigos, como la familia San Miguel y los hermanos Zamarrón, con quienes teníamos viejos problemas por razones de unos animales perdidos y por unos terrenos cuyos linderos se confundían mucho, así como por haber sido muerto uno de los San Miguel a manos de mi padre, en pelea limpia y de frente, con navaja, y por haber dado muerte al finado Hesiquio Zamarrón, el hermano mayor de mi padre, de nombre Gildardo.

Pronto adquirimos mucha habilidad para el disparo y para descomponer y componer armas de todos los calibres y tipos, juntando piezas sueltas o fabricando otras con pedazos de fierro, madera y cuerno. A los quince años de edad me salí de la casa a vivir por mi cuenta, porque me robé de un baile a Antelma Lázaro, de catorce años. No fuimos muy felices porque los dos éramos muy chamacos. Yo fui el primero para ella y ella fue la primera para mí. Creo que por eso ni ella gozaba ni yo. Nos acostábamos cuando traíamos calentura y después de eso no sentíamos nada. No sé si ella

115

habrá aprendido a hacerlo mejor. Lo que es yo, sí. Y fue con una mujer forastera que conocí en Ciudad Juárez. Ahí hay mujeres malas de todas partes, blancas, morenas, amarillas, negras. Ahí conocí a una japonesa, o sería china o coreana, quién sabe. Tenía los ojos rasgados y era menudita, de pelo negro. La primera vez me asustó con lo que hizo. Yo no imaginaba que se podía hacer eso, todo eso, pero luego me malacostumbré y quise hacer lo mismo con otras mujeres. Muchas se enamoraron de mí por eso, porque después de estar conmigo ya con otros no sentían lo mismo. Pero esto pasó varios años después.

Con Antelma Lázaro tuve tres hijas: Antelma chica, Herminia y Eulalia, cuyo paradero desconozco, pues su madre me las arrebató y se fue a vivir a otro estado cuando nació la tercera, diciendo que le daba mala vida, sustos, golpes y otras cosas que no viene al caso mencionar, y se largó para Culiacán, adonde fui en su busca sin poder encontrarlas. Seguí radicando en el Santísimo de Arriba, de donde tuve que salir por mi mala suerte, porque en una boda que se celebraba cerca de ahí, en un pueblo llamado Gosogachi, di muerte accidental, no era mi intención privarlo de la vida, a Humberto Lizárraga, por culpa de una mujer de nombre María Dolores Rejano, muy bien parecida, pero muy falsa, que a los dos nos andaba mancornando. Y fue por eso que nos hicimos de palabras y nos salimos del baile y atrás de la casa, cuando el finado Humberto intentó madrugarme con su filero, saqué mi pistola para amedrentarlo, pero me vi precisado a vaciarle toda la carga para evitar ser muerto por él. Me di a la fuga hacia el municipio de Balleza, donde estuve escondido dos años hasta que dejaron de perseguirme los deudos del finado Humberto y fue entonces cuando volví, pero no al Santísimo de Arriba, sino a la Corregidora de Abajo, donde me asenté un tiempo.

Ahí compré una huerta de naranjas y limas a don Gregorio Morquecho y me casé con Erema Santiago, una buena mujer al principio, muy trabajadora, procreando sólo dos hijos, Gerásimo y Nicasio, que radican ahora en el valle de San Fernando, cerca de Los Ángeles, adonde sus abuelos maternos, en unión y de acuerdo con su madre, los llevaron sin mi consentimiento, aprovechando que andaba en un baile en las fiestas del Aniversario, y alegando que mi manera de ser, porque mis hijos empezaban a tomar mi ejemplo, podría perjudicarlos. Porque no soy dejado, porque no permito que nadie me falte al respeto y porque el que me busca me encuentra, decían que soy mal averiguado. No hubo otra razón, como padre no fui desobligado, techo y comida nunca les faltaron, ni vestido ni animales para montar o cargar.

Salí de Corregidora de Abajo por una dificultad que tuve con el comisario, quien me acusó en falso en la Presidencia diciendo que el ganado de don Pascual Parra, que se había estado perdiendo por esos rumbos, había sido tratado por mí a gente de Sonora, o sea que yo era abigeo, cosa que no era cierta, y cuando le reclamé al citado comisario, él se sostuvo y no tuve más remedio que callarlo para siempre con una daga; si no se callaba con mis razones y mis palabras, con qué otra cosa. Enterré al citado comisario cerca de la cruz que mira al río, donde se juntan los caminos de Meparico y de El Mirasol, en un hoyo que hice bastante profundo para que no lo fueran a sacar los animales del monte y pudiera descansar. Por eso nadie supo para dónde había ganado el citado comisario y muchos creyeron que se lo había llevado el río Oteros, el que se junta con el Fuerte en Sinaloa, que creció mucho por esos días, de monte a monte, con las nieves de la sierra, que ese año fueron muchas y duraron hasta abril. Por eso es que me fui para Santa Gertrudis, donde me asenté un tiempo al lado de Mariana Perea, con quien me casé muy enamorado, por las dos leyes, y con quien tuve sólo un hijo llamado Liborio, nombre que nunca me gustó para él, pero que mi mujer se lo quiso poner porque ese nombre es el que trajo en el almanaque el día en que nació.

Y ahí me hubiera quedado a terminar mis días, porque es una población muy bonita y hay buenos vecinos y de todos los municipios me llegaban las armas para compostura. Yo estaba contento con mi mujer Mariana Perea, que era muy bonita, de buen carácter, risueña, morena, bajita, de cabello negro, muy largo, que le caía en una cola de caballo por la espalda, muy acinturadita y muy platicadora. Nos entendíamos muy bien y nos atraíamos mucho como hombre y mujer, pues siempre queríamos estar juntos en la cama o en un petate, o en la pastura de una troca o en el monte, o en la hojarasca de los pinos, y nunca se nos acababan las ganas, como animales en celo. Hasta que un día me fui con unos amigos para una velación en el Pilar de Moris, donde había un baile, al que no la llevé, y me entró un presentimiento. Regresé de improviso en la madrugada y encontré a la citada Mariana Perea en brazos de otro hombre, un sujeto llamado Perfecto Estrada, a quien yo conocía de vista porque había pasado por Santa Gertrudis algunas veces, componiendo la línea del telégrafo que comunica Navojoa con Santa Rosa. Ahí mismo, en mi propia cama que había comprado en Pinos Altos, les vacié las dos pistolas que siempre cargo y luego los enterré bajo un zapote que está en medio de la tierra grande, y a todos conté que la mentada Mariana Perea se había ido a Tijuana, donde tiene familiares, a curarse de las anginas que no le dejaban vida, y que como yo no quise acompañarla, por ser estas mis querencias, habíamos decidido cortar por lo sano. Que el niño, o sea el chamaco Liborio, me lo había dejado para no batallar ella con él, porque pensaba después pasarse a San Diego. Este niño se lo llevé a mi señora madre a Sepayvo, donde lo crió muy bien hasta que tuvo trece años y se fue de la casa a hacer su vida por su propia cuenta, rumbo a San Diego, a buscar a su madre, el inocente. Y qué bueno que lo hizo, porque el mismo día que se fue, mi señor padre falleció por causa de una centella que cayó en la casa, causando gran mortandad de chivas y de gentes, pues murieron también dos mujeres que le hacían compañía y un hombre, de nombre Gumaro, que cuidaba las chivas, y un forastero que estaba de pasada, tomando café en el portal de la casa, de nombre Fermín Cano, a quien sorprendió la centella. Mi señora madre se salvó, porque de puro milagro andaba en las tierras cuando se soltó la tormenta de rayos.

Anduve solo un tiempo, sin agarrar mujer de planta, aunque sí tuve algunas por aquí y por allá, pero sin compromiso, y algunos hijos también, hasta que conocí a Rosario Fonseca, con quien ya no quería casarme, sino sólo vivir en unión libre. Ella tenía tres hermanos, José Dolores y Marcial, gemelos, muy parecidos, tanto, que siempre se nos confundían, sobre todo cuando se cambiaban las ropas para hacernos desatinar; y Manuel, también de Guamúchil, Sinaloa, como ella, que había viajado a ese estado para sembrar amapola y chutama, porque Sinaloa ya se había vuelto imposible con tanta persecución de la Federal.

Como me convencieron de la sencillez de este trabajo y de la rapidez con que se gana dinero, aunque tiene algunos riesgos, no tuve inconveniente en asociarme con ellos, aprendiendo los secretos de esta nueva ocupación. Yo por mi parte les correspondía bien, sirviéndoles de contacto y enlace, pues era gente conocida y estimada en la región, y además sabía dónde estaban los mejores terrenos para la siembra de las plantas mencionadas, así como los caminos y veredas más solas y las cuevas de los montes para esconderse mejor cuando los federales y los verdes hacían sus recorridos. Las primeras siembras que se hicieron por el rumbo de la sierra fueron las de nosotros. Se hacían por julio y agosto y las cosechas se levantaban en enero y febrero. Nunca tuvimos problemas para mandar los embarques a los conectes de la frontera. Tratándose de la chutama, que es más voluminosa, mandábamos la carga en un doble piso que les hacíamos a las trocas y camiones en que transportábamos ganado. Es más, la echábamos a veces así, libremente, arriba, poniéndole algunas pacas de alfalfa o de avena para que la taparan. Si todavía ahora, con tanto barullo y con tanta campaña en contra de los chutameros, el transporte es fácil, contimás entonces. La última vez que pasé por el entronque de la cascada de Basaseáchic me quedé sorprendido. Cómo es posible que ahí, donde se juntan cuatro caminos, el que viene de Ocampo, el que llega de Santa Rosa, el que lleva a San Juanito y el que sale para Tomochic no tengan una garita

119

de revisión. Tienen ahí una partida de judiciales en una casa al lado de la tiendita que sirve también como restaurante con una mesa nomás. Pero esos judiciales del Estado sólo se dedican a revisar las trocas que llegan de Chihuahua y se van a meter a la sierra, para evitar que pasen cerveza y licor. A la pobre gente que viaja en sus camionetas con una botellita de Presidente para brindar con su familia, con un cuartito de tequila Sauza para el frío del invierno o con un *six* de cerveza para el calor del camino en los meses de mayo, les quitan las botellas y se las guardan para ellos tomárselas o para revenderlas después. Eso acostumbraban hacer, hasta que un señor de Uruáchic de nombre Francisco Campos puso el mal ejemplo. Está bien, les dijo, está prohibido pasar alcohol, pero lo mío no será ni para ustedes ni para mí, y ahí mismo sobre una piedra estrelló su tequilita Cuervo y su botella de Bacardí y sus seis cervecitas. Yo digo, cómo pierden el tiempo impidiendo que pasen bebidas alcohólicas para la sierra y no impiden que pase chutama de la sierra para Chihuahua. Uno no entiende estas cosas. Estarán compautados con los grandes distribuidores de yerba o habrá componendas, ahora. En mi tiempo no las había. Pues sí, todas las siembras de la chutama y los campos de amapola de tres municipios de Chihuahua que colindan con Sonora y Sinaloa eran nuestros, por sólo mencionar algunos como El Pitayo, La Soledad, Los Pilares, El Alacrán, El Concheño, Las Pulgas, Sierra Oscura, Las Trojas, Lagunita de Arriba, El Cajón, El Rincón del Toro, Los Alisos, El Salsipuedes, El Huizachito, La Cieneguita, Tonachic, El Saucillo, Guasagó, La Casa Colorada, Los Tepozanes y otros que ni para qué comentar.

Mis hermanos Rómulo y Rogelio no quisieron entrar con nosotros en el negocio y prefirieron trabajar por su cuenta con gente de Obregón que habían conocido en un viaje a Guaymas. A mí eso me pareció bien. Lo que no me parecía era que contrataban gente inexperta y bastante comunicativa, o sea muy chismosa, que bajaba los domingos a los pueblos a emborracharse, a hacer bailes, armar balaceras y pleitos, y eso motivaba que tuvieran que intervenir las autoridades y se empezara a hacer famosa la región por los cultivos prohibidos, y empezaran la gente y los periódicos de Chihuahua y de Sonora a hablar de lo nuestro. Qué necesidad hay, yo les decía, de que estemos en la mira de todos nomás porque ustedes no controlan a su gente. Otra dificultad que se presentó entre nosotros fue que como con esto que hacían intervenía la Federación y les quemaban las siembras, poco a poco los fueron arrinconando para los lugares que nosotros teníamos, y ahí sí tuve que pararles el alto. No porque fueran mis hermanos les iba a permitir que invadieran mis terrenos. Si no quisieron ser mis socios antes, no lo iban a ser ahora que ya no los necesitaba. Tuvimos un rompimiento. Y cada vez que les caían los helicópteros y les quemaban las siembras, ellos pensaban que nosotros habíamos dado el pitazo. Y cada vez que a nosotros nos salían entre los caminos los soldados y nos quitaban la carga, estábamos seguros que ellos eran los soplones. Quién sabe dónde estará la verdad de estas cosas que pasaron, pero sí nos hicimos la guerra y eso no está bien, porque sólo salió ganando el gobierno con nuestras divisiones. Con mis siembras tuve algunas utilidades, descontando gastos, sobornos y el dinero que puchábamos para arriba, o sea para comprar silencios en ciertas autoridades. Los disimulos siempre han existido en todas las épocas y van a seguir existiendo en cualquier parte, porque a la gente le conviene que las autoridades se hagan de la vista gorda, para que la dejen trabajar en paz.

Decía que logré ciertas ganancias que creo supe administrar. Parte de mis utilidades las invertí en bancos de Hermosillo, Juárez y Tijuana. Parte en dólares que guardaba en cajas de seguridad. Parte deposité en cuentas que abrí en el otro lado, en El Paso, San Diego y Dallas, porque como había tantas devaluaciones, no era seguro dejar el dinero acá. Y compré varias propiedades, ranchos sobre todo, y casas en algunas ciudades de importancia. Descubrí que los bienes raíces nunca pierden su valor, porque la tierra es del mismo tamaño y no va a crecer más, en cambio la gente se sigue multiplicando y la población crece y crece porque ahora no hay guerras mundiales, ni epidemias, y hay vacunas y casi todas las enfermedades son curables, menos algunas, de todos conocidas, como el cáncer y el sida, los males de este siglo. Y pues la gente necesita techo y por eso los inmuebles siempre suben de valor, aunque las rentas que pagan los inquilinos sean bajas, pero se conserva el valor real del dinero. Cosa que no pasa en los bancos, que pagan muchos intereses pero el dinero va perdiendo su valor original y cuando uno lo saca, ya vale menos de la mitad, aunque aparentemente sea la misma cantidad, por aquello de la inflación. Pensé en invertir en oro y plata, porque siempre se ha dicho que los metales preciosos son muy útiles en caso de guerras y revoluciones, que es lo único que vale porque las monedas y billetes con un decreto de los nuevos gobiernos pierden todo su valor. Pero la plata no ha subido mucho estos años, al contrario, según las noticias ha estado bajando, y el precio del oro tampoco ha subido. Un poco, a veces, pero en lo general se ha mantenido sin alzas fuertes. Allá en la soledad de las siembras yo tenía la costumbre de escuchar los noticieros de la W en el radio que traíamos, y ponía mucha atención cuando daban los precios de los metales y el tipo de cambio del dólar. Esto me sirvió mucho, porque más o menos pude salvar unos centavitos, cambiándolos a tiempo por dólares, cuando veía venir las devaluaciones. Es más, muchas veces pensé en poner en la frontera una cadena de casas de cambio, un negocio redondo por dondequiera que se le mire. Con unos cuantos empleados puede uno mover mucho dinero sin invertir casi nada, nomás cambiando. Me arrepiento de no haberlo hecho, me hubiera divertido mucho y es un asunto menos riesgoso que los otros en los que andaba, pero para eso se necesita atención y vigilancia y yo no podía esclavizarme asentándome en una ciudad por mucho tiempo. Y pues poner administradores tampoco es bueno, no siempre encuentra uno gente honrada que dé buenas cuentas.

Compré algunas propiedades fuera del Estado, en Obregón, en Navojoa, en Hermosillo y en Nogales, pero también en la ciudad de Chihuahua, donde decidí irme a radicar porque es una ciudad muy tranquila, aunque bastante aburrida; la gente se acuesta con las gallinas en cuanto oscurece y no hay diversiones ni nada, como en la frontera o en los puertos. Me radiqué ahí, dejando la sierra, la frontera y mis viajes y mis asuntos, debido a que tuve algunas dificultades con los dichos José Dolores y Marcial, que a la hora de los números me hacían cuentas chinas, no obstante que de buena manera yo les pedía explicaciones. Sin quererlo, en una discusión airada, estando tomando los tres y entre dos socios presentes que no vale la pena mencionar, pues no tuvieron culpa de nada, decía que estando alegres, brindando, tuvimos un fuerte altercado y como yo estaba solo y ellos eran dos, y los tres andábamos bastante tomados, pues quisieron sorprenderme y sacaron sus armas, pero yo que no había olvidado mi práctica diaria fui más rápido y ahora soy el que lo cuento, mientras ellos descansan en sus tumbas, bueno, eso creo, que descansan, porque uno no sabe lo que hay más allá. Rosario mi mujer nunca supo a ciencia cierta la forma verdadera como murieron sus hermanos, pues le dije que habíamos tenido un enfrentamiento con unos agentes federales que nos andaban siguiendo. Y nos fuimos a radicar a Chihuahua, donde ya vivían los padres de ella, por haberse venido de Culiacán donde tenían muchos problemas debido a las constantes molestias de las autoridades a causa de los asuntos de José Dolores y Marcial. Puse en orden mis negocios. Me despedí de mis contactos de Tijuana, de Juárez, de Los Ángeles y de Chicago. Hasta allá fui a dar. Me dijeron que lo lamentaban, pero que tendría las puertas abiertas por si deseaba volver a los negocios. Desocupé a todos mis ayudantes, pagándoles bien, hasta les regalé unas casas. Sólo me quedé con dos de mis hombres, los más cercanos y de más confianza, que eran como mi sombra y que no quisieron separarse de mí.

Viviendo tranquilo conmigo, con mi conciencia y con los demás, con el porvenir asegurado por mi buena administración del dinero ganado con mi trabajo en la sierra, empezaron los problemas con Rosario, mi mujer, a quien le salió la mala entraña, y con sus padres, que nunca me tuvieron buena voluntad, pues empezaron a molestarme diciéndome que yo había sido la causa de la muerte de José Dolores y de Marcial sin tener pruebas de ello, nomás por sus figuraciones. Yo empecé a notar a Rosario como muina conmigo y le pregunté qué le pasaba. Nada, dijo. Tú traes algo, le insistí después de verla tres días así, sin hablarme y sin querer dormir conmigo. Piensan mis papás que tú mataste a mis hermanos, me dijo, mirándome de lado. Y tú qué piensas. Que sí, que sí lo hiciste, que fuiste capaz, me dijo, ahora sí mirándome de frente. Pero no es cierto, le dije, cómo quieres que te lo jure o en nombre de quién, de mi madre o de Dios. No me creyó. Y así duramos cosa de seis meses, yo negando todo y ellos tres amenazándome con ir a la policía. Yo, a mi vez, les dije que los iba a matar si seguían en eso. Esto es una advertencia, no una amenaza, les aseguré. Y se aplacaron.

Un domingo en la mañana, mi mujer fue a visitar a sus padres y se encontró con la puerta abierta, un mal olor que salía de la casa y con la sorpresa de que los dos estaban ya fríos en su cama, en ropa de dormir, muertos de varios balazos. Los médicos forenses dijeron que habían muerto desde el viernes en la tarde o en la noche, día y hora en que yo estuve fuera de la ciudad, con mi mujer precisamente, y con otro matrimonio vecino, en una boda que se celebró en un rancho cercano a Delicias, donde se casó una ahijada nuestra, hija de un compadre muy estimado. Esta es la mejor prueba de que yo no tuve que ver con la muerte de mis suegros, y juro por mi santa madre que está en el cielo, que tampoco los mandé matar ni aconsejé a nadie para que lo hiciera. Pero Rosario, cegada por el dolor o quizá por su mala intención, en vez de venir a la casa a decirme lo de sus padres, se fue derecho a la policía y me acusó de ser el autor de todo, o sea el homicida de mis suegros. La policía me detuvo ese mismo día cuando salí a abrir la puerta, sin maliciar nada, porque el que nada debe nada teme. Me trataron como la policía sabe hacerlo y en Previas firmé los papeles que me pusieron enfrente, aceptando al principio ser el autor material de los hechos, cosa que negué después y no ratifiqué ante el juez. Contraté un abogado, el mejor penalista de la ciudad, quien probó la forma como me sacaron la confesión, pero hubo otros hechos que me comprometieron.

Resulta que me tocó la de malas y ocho días antes de la muerte de mis suegros dejé mi troca estacionada, un momentito nomás, afuera de la casa. Siempre que ando en la ciudad me quito las armas, pero las pongo muy cerca, a la mano, por si se atraviesa el peligro, una en el piso de la troca, escondidita bajo el asiento, sacando nomás la punta de la cacha, y la otra bajo una cobija que siempre traigo para cubrir el asiento. En cuanto acababa de encender el motor para ir al banco a retirar un dinero, sentí ganas de ir al baño. Me dio flojera sacar las armas de su lugar y entré rápido a la casa, cosa de algunos minutos, corriendo por el apuro. Cuando me volví a subir miré de reojo al suelo y no vi la punta de la cacha. Me asomé debajo y nada. Levanté la cobija del asiento y nada. Las dos habían desaparecido. Miré calle arriba y calle abajo y no se veía un alma que hubiera pasado por ahí. Entré a la casa y fui a buscar a Rosario, que estaba desayunando a esa hora, porque se levanta tarde. No viste mis armas, le pregunté. Búscalas donde las dejaste, me contestó de mal modo y siguió untándole mermelada a uno de esos panes integrales que come para no engordar. Pues ahí no están, le dije. Entonces les salieron alas, respondió, y soltó una carcajada. La sangre se me subió a la cabeza. Vi el cuchillo que tenía en la mano y pensé en quitárselo y clavárselo en el pecho. Pero me contuve. Los años y las experiencias vividas lo vuelven a uno más sensato. Busqué las armas en el baño, por si me las hubiera llevado ahí sin querer, y en todos los cuartos, por si acaso me hubiera imaginado que las había metido en la troca y en realidad las había dejado sobre el buró de la cama, donde las pongo cuando duermo. Como no las encontré, llegué a la conclusión que me las habían robado en la troca.

Pues a los nueve días de esto, que fue un viernes, aparecen muertos mis suegros, con balas del mismo calibre. Y aparecen también las dos pistolas en un terreno baldío contiguo a la casa de ellos, con los cargadores vacíos. Y los forenses dijeron que las balas que encontraron en sus cuerpos eran de mis pistolas. Me hicieron la prueba de la parafina y salió negativa, cómo no, si yo no las había disparado esa vez y además cómo iba a hacerlo si estuve ese viernes toda la tarde y toda la noche en la boda de la hija de mi compadre. Y a mi misma mujer le consta que nos quedamos a dormir y regresamos a mediodía del sábado. Cómo iba yo a poder hacerlo. A menos que me hubiera salido del rancho a escondidas. Pero a ella y a mis compadres les consta que no me separé ni un momento de ellos. Ni que yo fuera un santo y que pudiera estar en dos partes al mismo tiempo como dicen que lo hacía Santa Rosa de Lima, la patrona de mi pueblo, y San Martín de Porres, que creo eran amigos, allá en su tierra, en el Perú. Ahora que ha pasado el tiempo y que he tenido ocasión de pensar a solas las cosas, casi he llegado a una conclusión, aunque todavía no tengo la plena seguridad, pues resulta que Rosario toda la vida tuvo problemas con sus papás. Alguien le dijo una vez que ellos no eran sus verdaderos padres y a ella le quedó la duda. Ellos siempre le juraron que era sangre de su sangre, pero Rosario empezó a envenenarse con la otra idea y a juntar cabos, que por qué no se les parecía mucho, ella era chatita y ellos tenían la nariz aguileña. Que por qué sus tres hermanos eran güeros y ella morena de ojos cafés. Que por qué ellos eran muy altos y ella chaparra. Que por qué ella nació cuando su mamá tenía ya cuarenta y cinco años. Mi suegra le contestaba que leyera la Biblia, donde viene el caso de Nuestra Señora Santa Ana, la prima de la Virgen María, que fue preñada a los ochenta años. Pero Rosario no se convencía, es como una mula, mula que no me dio hijos, mula porque ya de que le entra una cosa no hay quien la haga cambiar de parecer. Luego se le ocurrió que sus padres le deberían heredar en vida. Para qué les pides eso, le decía yo. A ti nada te falta.

Conmigo lo tienes todo, lo que se te antoje. No todo, me decía, no todo. Cuando mueras, tus mujeres y todos esos hijos que regaste por el mundo se van a echar como perros sobre tus cosas y a mí no me va a tocar nada. Y tampoco quiero andar peleando con ellos y metiéndoles abogados, porque tratándose de pleitos de familia en los juzgados, los únicos que salen ganando son los licenciados. Y seguía con su cantaleta, pidiéndoles a mis suegros la parte de herencia que le tocaba, según ella. Hasta que ellos se le enojaron y le dijeron que mejor ni fuera a verlos, que les amargaba el rato porque los hería con eso de que no era su verdadera hija y con eso de que la heredaran en vida. Sin embargo, ella iba a darles una vuelta cada ocho días, no sé ni para qué. Yo creo que por fregar, nomás. O a ver qué olisqueaba. O por enterarse de la vida de sus padres, no fueran a despojarla.

Ahora que he estado solo aquí y que he tenido tiempo de pensar en todo, esa es la conclusión que he sacado. Ella pudo haberlos mandado matar por su ambición. Se lo conté a mis abogados para que lo alegaran a mi favor, en mi juicio, pero no han querido hacerme caso. Que no es posible probar eso, que son meras suposiciones mías. A veces he llegado a pensar si ellos no sabrán el fondo de la verdad y la están protegiendo, como es tan lista, tan labiosa y como sabe metérsele a la gente muy bien. El abogado de fama me sacó mucho dinero al principio, sin ningún resultado favorable, porque me sentenciaron a 40 años por homicidio calificado con los tres agravantes: premeditación, alevosía y ventaja. Cambié de abogado por una criminalista que decían era muy buena, muy perra, quien apeló la sentencia en el Tribunal Superior de Justicia y aunque me sacó bastante dinero para ella y para los magistrados, la apelación no prosperó. Cambié por otro abogado, quien a su vez me pidió dinero para gastos, sobornos y anticipos, y aunque usó todos los medios posibles en el Juzgado de Distrito y en el Tribunal de Circuito, pidiendo amparos, resultó que nos dieron palo otra vez. La última, porque según me dicen ya no hay más instancias, sólo el indulto del presidente de la República, pero éste no procede en casos como el mío. Y ahora resulta que quieren que pase cuarenta años metido aquí entre estas cuatro paredes, sin gozar de la preciada libertad y todo por un crimen que nunca cometí. He consultado otros abogados, de México inclusive, y me han dicho que por buena conducta puedo salir en veinte años a lo más. O sea que tendría cincuenta y cinco para entonces. He intentado fugarme varias veces, sobornando custodios y directores de la penitenciaría, haciendo túneles y vistiéndome de mujer, pero siempre me han sorprendido. Quizá con un poco de paciencia, trabajando en algún oficio agradable, agarrándole gusto a los libros, podría pasarme aquí todo ese tiempo a que me han condenado, pero antier me dieron una mala noticia, que luego contaré y que me ha puesto a pensar.

He repasado mi vida y he tenido un momento de claridad. Para qué quiero vivir, me he preguntado, solo y mi alma. Me siento muy, pero muy viejo; hasta canas me están saliendo. Me siento acabado, como un animal enfermo que ha caído en una trampa. Como esos pájaros que brincan de un lado a otro de la jaula y se niegan a cantar, para qué. No he tenido una sola visita de familiares o amigos, salvo mi compadre, el del rancho de Delicias, que ha venido algún domingo. Y no han venido a verme ninguno de mis hijos, ni los que he mencionado en esta carta, ni otros, diez o doce, que dejé por ahí en amores de un rato, ni ninguna de las mujeres que pasaron por mi vida. Menos Rosario, que me ha tomado un odio inconaz. Las noches de los jueves, que es el día de la visita conyugal, no me faltan las mujeres bonitas y jóvenes que me traen de los mejores congales de la ciudad, hasta de Juárez, a veces, pero lo de ellas es amor comprado y no me satisface. La mujer debe entregarse al hombre por deseo o por amor, si no, no tiene caso, se queda uno después vacío, como si algo le faltara.

Como veo que los días pasan y yo sigo aquí, rumiando mi soledad, y no hay forma legal o ilegal de salir, he tomado la determinación de quitarme la vida. Además tengo otro motivo más poderoso. Mañana sale una cuerda para las Islas Marías y un custodio me dijo que cree que yo estoy enlistado. Me escapé de las cuerdas pasadas porque mi abogado sobornó al director de la cárcel y a la gente de la Procuraduría. Pero ahora sí no se puede hacer nada, como tampoco pudimos evitar lo de mi celda. Me quitaron la grabadora, mis casetes de corridos prohibidos, mi cama *king size*, la salita, la televisión, la cocineta, la despensa y el servibar, y me encerraron en esta celda común donde no se puede vivir. Irme a las Islas Marías sería como ir a buscar la muerte. Nadie que yo conozca ha regresado vivo de allá. Mis ojos verdes, que tanto gustaban a las mujeres, tienen el defecto de que no soportan la fuerte luz del sol. Por eso siempre he usado lentes negros americanos. El sol en la arena y en las salinas donde me obligarán a trabajar me volverá ciego, si es que llego a desembarcar vivo en la isla, porque no puedo ver el mar, que es la única cosa en este mundo a la que le tengo miedo, como otros les temen a los animales ponzoñosos. Me revuelve el estómago, me provoca náuseas y si lo miro me hipnotiza, me vuelve loco y me atrae como los barrancos profundos que llaman a la gente y hacen que se tire al abismo sin motivo. A mí me pasó en Topolobampo, cuando íbamos en un barco al Farallón a conocer los leones marinos. Miré el agua verde que se movía como un animal gelatinoso y salté por la borda desesperado. Para qué, pues, voy a dejar que me lleven a morir ciego en el infierno luminoso de las salinas, si es que logro pasar el mar, o que me traguen las aguas desconocidas durante la travesía. Es mejor morir aquí, sin sufrimiento. Al cabo, la muerte me hará libre otra vez. Y mis huesos quedarán en mi tierra conocida, no en el fondo oscuro del mar.

Por eso escribo esta carta, en este cuaderno que ya se me está acabando, porque contando mi vida puedo estar limpio de culpa y de pecados en caso de que exista otra vida más allá, que yo no creo posible, pero que tampoco puedo negar, porque nada me consta, ni tengo pruebas de que el alma, como el cuerpo, también se pudra, se vuelva gusanos y polvo y nada. El testamento donde nombro mis bienes está con el mejor notario de aquí y una copia la tiene mi compadre, Ricardo López Nava, el del rancho de Delicias, quien ya sabe lo que tiene que hacer si yo falto. En ese documento sólo pido que mis bienes se repartan por partes iguales entre mis hijos, estén donde estén, y entre sus madres, si viven y no se han casado. Sólo basta que mis hijos, los legítimos, los naturales o los que ni siquiera conozco, muestren su acta de nacimiento donde diga que yo soy su padre. Si en mi corta vida a alguien ofendí, pido muchas disculpas, porque los humanos a veces erramos, más por ignorancia y tontera que por intención.

Su atento amigo y seguro servidor
Valente Armenta

P. D. No se culpe a nadie de mi muerte. La navaja con la que me voy a cortar las venas para que se me salga la vida la encontré en el patio, el día de visita. No se culpe a nadie de habérmela dado. Vale. Una última voluntad. Pido que esta carta sea mandada al señor Epigmenio Rascón Aguirre al municipio de Uruáchic, si es que aún vive ahí, o a su esposa doña Rafaela, porque cuando él era subagente del Ministerio Público y tuve cosas que ver allá con la justicia, ellos siempre me trataron como ser humano, no como bestia. Para que la carta se la den o se la manden al Huguito, su hijo, que estuvo conmigo en la escuela y que según me han dicho se dedica a escritor, a ver si de algo le puede servir para sus historias este pormenor de mi vida, la vida de un paisano suyo que no tuvo estudio. Vale también. Y un último favor. Si alguien conoce a Israel Montes, mi ahijado, avísenle de mi muerte. Es como mi hijo. Le dicen El Gato Montés.

EL GATO MONTÉS

Han pasado veinte días desde la desaparición de Julián. Mi tía Lydia llegó llorando esta mañana con una nueva versión de su secuestro. Resulta que Julián, antes de casarse con Marcela, tenía una novia en El Salsipuedes, una joven ranchera llamada Anselma, la menor de tres hermanos cuyos padres eran muy amigos de mi tío Lito, quien un día, a ruegos de Julián, pidió a la muchacha para que se casara con su hijo. Se la dieron, se fijó la fecha de la boda para el 30 de agosto, día de Santa Rosa, se vieron padrinos y se trajo el vestido de novia desde Nogales, donde vivían los abuelos de la muchacha.

Pero la gente pone y Dios dispone, como dice el corrido. Unos días antes de la boda, Julián andaba despidiéndose de su soltería, borracho con sus amigos, y bailó toda la noche con Marcela Figueroa, hija de una familia enemiga de la nuestra, que estudiaba en un internado de Chihuahua. Al acabar el baile, ya casi al amanecer, Marcela y Julián desaparecieron y regresaron tres días después, casados por lo civil. Se habían ido hasta San Juanito, de donde llegaron con el acta de matrimonio en la mano. Los padres de Anselma, que casi pierde la razón, se la llevaron a Nogales para que la distancia la curara y la hiciera olvidar. No resultó, porque siguió perdiendo la razón hasta que enloqueció totalmente y, un día antes de la desaparición de Julián, se cortó las venas y murió. Los hermanos de Anselma juraron vengarla y el día de la desaparición de Julián los vieron en la plaza preguntando por él, pero no lo encontraron porque se había ido al baile de Memelíchic con dos policías. La gente vio llegar a Santa Rosa a los hermanos de Anselma, pero nadie los vio salir, así que no se supo si se regresaron a Nogales o se fueron a visitar El Salsipuedes, su rancho, o si tomaron el camino de Memelíchic. Los hermanos de Anselma serían incapaces de causarle daño a Julián, aseguró mi madre, eran sus amigos y lo querían. Quién sabe, contestó mi tía Lydia, el daño se los hizo primero Julián. Y no quiso quedarse a cenar cuando mi padre la invitó a comerse una Portola. Con esta pena que tengo traigo perdido el apetito, dijo y se marchó, mientras mi padre abría con su navaja suiza tres Portolas con etiquetas rojas.

Al ver el contenido de estas latas ovaladas recordé a la Saurina y sentí náuseas. En lugar de sardinas, vi las latas llenas de leche. En esta misma mesa de la cocina, vestida entonces con un mantel amarillo de tela ahulada, se sentaba la Saurina, que llegaba cada año con sus yerbas y sus presagios. Pobre mujer, hay que darle posada, decía mi madre, porque es como el judío errante, y le arreglaba el cuarto de trebejos de la huerta. La Saurina a veces llegaba muy pálida, como enferma, y mi madre le inyectaba vitaminas, o volvía empiojada y le daba un galón de DDT para que se pusiera en la cabeza, o se aparecía con la ropa hecha jirones y entonces le regalaba unas cortinas floreadas para que se hiciera vestidos nuevos. A la Saurina le gustaban las sardinas Portolas que compraba mi padre en la plaza. Una noche, después de cenar, la seguí hasta la huerta y la encontré sentada en un tronco, junto a una lámpara de petróleo, ordeñándose los senos en dos latas vacías que quedaban rebosantes. Luego arrojaba el líquido blanco en la poza de una lima. Es que perdió a su niño recién nacido en las salinas de Guerrero Negro, me explicó mi madre cuando le pregunté porqué se ordeñaba la Saurina. La última vez que vino a Santa Rosa se quedó en El Rosedal, en la casa de José María Villarreal. De alguna manera, ella tuvo mucho que ver con lo que pasó entre la gente de El Edén y la de El Rosedal. Después de eso vivió un tiempo al amparo de José María en el rancho, hasta que una mañana amaneció con la ventolera de que había soñado un gato montés en una laguna. Está en Guerrero Negro, decía, lo miré acorralado, perseguido. Es el que perdí en las salinas, cuando mataron a mi marido. El Gato Montés está solo, en peligro. Voy a ayudarlo. Se fue y nunca volvimos a saber de ella, hasta que empezaron a tocar en el radio el corrido de "El gato montés".

Anoche, muy tarde, mi padre tenía prendido su radio en una estación de Hermosillo. Él duerme con el radio encendido toda la noche y con la ventana abierta para que le entre el aire, aunque mi madre viva en un constante resfrío. Cuando tocaron el corrido de "El gato montés", mi padre subió el volumen. Fíjate en este corrido, gritó desde su cuarto. Al acabar la música, me explicó que era la historia de Israel Montes, de la Saurina y de Eloy Bárcena, el cuñado de los Armenta. Deja dormir al muchacho, le reclamó entre sueños mi madre, rogándole que se callara y le bajara el volumen al radio. Mi padre vino a mi cuarto, descalzo y en calzoncillos, le subió la mecha al quinqué y se sentó en mi cama. Tú conociste a este Eloy Bárcena, mijito, el cuñado de los Armenta que estaba muy enamorado de la Saurina cuando era joven, aunque ella nunca le hizo caso. Al irse de El Rosedal, la última vez que la vimos por acá, Eloy la siguió a Tijuana y a La Paz. Allá se encontraron y se siguieron viendo. Por el corrido de "El gato montés" se sabe el fin que tuvieron. La gitana que mientan en el corrido no es otra que la Saurina, y el judicial no es otro que Eloy Bárcena, y la joven bonita llamada Martha no es otra que aquella muchacha de Tamaulipas, de muy buena familia, que trajo Israel Montes a la boda de Valente Armenta. Y este Israel Montes es el mismo Gato Montés que sale en tantos corridos.

¿Te sirven o no te sirven estos datos para eso que estás haciendo? Me sirven, pero no para la película, sino para una obra de teatro que tengo que escribir en el taller de dramaturgia de Vicente Leñero, te acuerdas, aquel escritor que conociste en el aeropuerto el año pasado. Pero ya déjame dormir, le dije, recordando que cada vez que me toca el turno de lectura en el taller digo Paso como en el póquer, así que ya no puedo seguir sin dar señales de vida dramática.

Escuché entre sueños que mi padre seguía hablando. El corrido dice que una gitana caminaba a mediodía por una playa sola cuando encontró a una mujer desnuda, una joven bonita que dormía sobre la arena, allá en Guerrero Negro.

GUERRERO NEGRO

PERSONAJES

Martha Corona..20 años
La Gitana....................................Mujer de edad indefinida
Eloy Bárcena..45 años
Israel Montes, El Gato Montés...............................25 años

ESCENOGRAFÍA

Un lugar cerca de Guerrero Negro, en Baja California Sur. Playa solitaria. Es un trozo de desierto incrustado en el mar. A lo lejos se ven cactus, pitahayos, órganos, sahuaros y chaparrales. Al fondo, a la izquierda y al centro, hay varias rocas. A la derecha se ve un extraño tronco enterrado en la arena que las olas arrojaron hace tiempo.

I

Son las doce del día. El sol brillante y cálido cae a plomo. El cielo, azul celeste, es nítido, transparente. No hay brisa ni sonido alguno. Las aves marinas están ausentes. El mar está tranquilo y apenas se percibe el sonido suave de las olas. Se inicia la hora de los espejismos.

Martha, desnuda, duerme sobre la arena. Cerca de ella se ve una toalla, un radio portátil, unos lentes oscuros, un encendedor y una cajetilla de cigarros. La Gitana, con una gran canasta sobre la cabeza, camina por la playa. Va descalza. Viste una enorme falda floreada y una fresca blusa

135

de lino. Lleva vistosos collares y brazaletes. Al ver a Martha, se le acerca, colocándose de pie junto a ella.

Gitana.- Pst... (*Pausa.*) Pst... Pst... (*Se acerca un poco más.*) Niña... (*Pausa. Se aproxima a su rostro.*) Despierta... (*Martha abre los ojos y se incorpora, extrañada.*) No te asustes... ¿Qué tal el sol, eh? ¿Sabrosito?... (*Martha se cubre con la toalla, que se enreda en el cuerpo, y mira a su alrededor.*)
Martha.- ¿Dónde está mi bolsa?
Gitana.- ¿Qué bolsa?
Martha.- Mi bolsa. Estaba aquí...
Gitana.- ¿Estás segura?
Martha.- Claro que sí.
Gitana.- Yo no vi nada.
Martha.- Usted la tomó.
Gitana.- Óyeme, óyeme...
Martha.- Devuélvamela, por favor...
Gitana.- ¿Qué te pasa, eh?
Martha.- Por lo que más quiera. Puedo darle una recompensa.
Gitana.- Párale... Me estás acusando en falso.
Martha.- Pero es que yo la tenía aquí.
Gitana.- Pues sí, mijita. Ahí la tenías, pero ya no la tienes.
Martha.- ¿Usted vio a alguien?
Gitana.- Nomás a ti. Te divisé a lo lejos. Pensé que eras una gringa vieja y me dije: A esta idiota ya le vendí algo. (*Coloca su canasta en el suelo y se sienta.*)
Martha.- El dinero no me importa. Pero ahí tengo credenciales, tarjetas de crédito y unos documentos que sólo para mí son importantes.
Gitana.- Pero, ¿a quién se le ocurre venirse a asolear hasta acá? ¿No te dijeron que este lugar es peligroso? Está prohibido acercarse. Y mira nomás, en qué trazas. Si antes no te violaron, mi alma. Dios guarde la hora. Cómo se te ocurre quitarte los calzones, nomás así, y aventarlos al aire. Pues, ¿de dónde vienes, muchacha? (*Martha se levanta. Recoge el radio, los lentes, los cigarros y el encendedor.*)¿Y cómo no te robaron el aparato ese? (*Martha se encoge de hombros.*) ¿Y tu ropa?

Martha.- Estaba en la bolsa.

Gitana.- ¿No te digo? ¿Y ahora qué vas a hacer? (*Pausa.*) Debes conseguir algo para que te eches encima y puedas regresar al hotel. Porque no vas a volver así, ¿verdad? Esa toalla no te sirve ni de brasier. ¿En qué hotel estás?

Martha.- En ninguno.

Gitana.- Entonces... ¿ En la casa de huéspedes?

Martha.- No.

Gitana.- ¿En dónde vives, pues?

Martha.- Llegué a la casa de una tía, pero como no les avisé la hora de mi llegada, encontré todo cerrado. Y tengo que esperar hasta la noche, a que regresen del trabajo.

Gitana.- ¿Y qué te costaba avisarles? ¿No se te ocurrió que podían salir?

Martha.- Deje de interrogarme.

Gitana.- Ora sí. Hasta regañada salí. Si lo único que quiero es ayudarte. (*Martha saca un cigarro y lo enciende. Fuma.*)

Gitana.- Y además, hasta maleducada. ¿No me ofreces?

Martha.- (*Le extiende la cajetilla y el encendedor.*) Disculpe... (*La Gitana enciende un cigarro. Martha prende el radio. Se escucha música moderna, cantan en inglés. Las dos mujeres, sentadas en la arena, miran el mar y fuman en silencio.*)

Gitana.- ¿No has visto pasar a un muchacho güero?

Martha.- No. A menos que haya pasado cuando yo estaba dormida.

Gitana.- Tengo una cita con él.

Martha.- ¿Cómo dice que es?

Gitana.- Joven. Rubio. Bien plantado. Muy guapo. Parece un artista. Yo lo quiero mucho.

Martha.- ¿Es familiar suyo? (*La Gitana ríe fuertemente.*)

Gitana.- ¿Familiar? Es más que eso. (*La mira con seriedad, profundamente.*) ¿Estás segura de que no lo viste?

Martha.- Segura. ¿Podría conseguirme algo de ropa?

Gitana.- Cómo no... ¿Traes dinero?

Martha.- Lo tenía en la bolsa.

Gitana.- Pues sólo que vaya a mi casa y te traiga ropa mía.

Martha.- Después se la devuelvo. ¿Me hará el favor?

Gitana.- No faltaba más... Nomás déjame descansar tantito. No vivo tan cerca. (*Enciende otro cigarro y le ofrece la cajetilla a Martha.*) ¿Gustas?

Martha.- (*Toma un cigarro.*) Gracias...

Gitana.- Ah, qué muchacha tan descuidada... En fin. Cuando uno tiene tu edad, ve el mundo de otra manera. Qué capaz que yo vaya a dormirme encuerada en la playa y a dejar mi canasta sola. Primero me acuesto sobre ella... ¿Quieres ver lo que traigo?

Martha.- ¿Para qué? No le digo que me quedé sin dinero.

(*La Gitana saca de la canasta unos collares de coral.*)

Gitana.- ¿Qué te parecen, eh? ¿No son chulos? Póntelos. Son de Veracruz. Sólo allá se dan estos colores.

Martha.- No. Para qué.

Gitana.- Tú pruébatelos... (*La Gitana se los coloca a Martha en el cuello.*) Mira nomás. Qué bien se te ven. (*La Gitana mira el interior de la canasta y saca varios objetos.*) Estas conchas son de Mazatlán. ¿Qué grandes, no? Y qué finas. La crema de concha nácar es de Zihuatanejo. Y estas estrellas son de Puerto Escondido. Son afrodisiacas. Al más calmado le despiertan los apetitos. Estas cajitas de cristal están llenas de arena de Cancún. Parece harina, ¿no crees? Es muy fina la arena del Caribe. ¿Has estado por allá? Estas yerbas que traje de la costa de Chiapas son muy buenas para sacar chamacos del vientre. Pero no te las puedo vender porque ya están comprometidas. Estos aretes son de filigrana. Los hacían los plateros de Taxco. Pero ya no se consiguen. Se te verían muy lindos. Déjame ponértelos. (*La Gitana le coloca los aretes a Martha.*) ¿Qué tal, eh? Estas son geodas de Chihuahua. ¿Sabes lo que son las geodas? Las sacan del desierto. Dicen que los desiertos son mares antiguos. ¿Tú crees? Estos son pájaros de palo de fierro. Los hacen los seris de Bahía de Kino. Son muy duros. Más que la vida, dicen. Pero veo que nada te gusta. No aprecias mis cosas. No están a tu altura, ¿verdad?

Martha.- No, no es eso... (*La Gitana saca un tarro de aceite bronceador.*)

Gitana.- ¿Quieres probar? Déjame ponerte un poco.

138

Martha.- No hay necesidad.

Gitana.- (*Destapa el tarro.*) Cómo no. Mira cómo tienes los hombros y la nariz. (*Se le acerca y le unta el aceite en la espalda, los hombros y los brazos.*)

Martha.- Así está bien. Gracias.

Gitana.- ¿Cómo va a estar bien? ¿No ves cómo tienes las piernas? (*Le unta aceite en muslos y piernas.*) Te vas a poner como camarón pelao... (*Termina y tapa el tarro, volviéndolo a la canasta. Martha mira hacia el interior.*)

Martha.- ¿Y eso? ¿Qué trae ahí? (*La Gitana cambia de expresión. Se vuelve solemne. Lentamente saca de la canasta una figura de madera tallada que representa un guerrero negro estilizado. La muestra a Martha con veneración y respeto, como un preciado trofeo. Martha la observa intrigada.*) ¿Qué es?

Gitana.- ¿No lo estás viendo?

Martha.- Permítamelo. (*Extiende su mano para tomarlo.*)

Gitana.- (*Lo retira con violencia.*) ¡Cuidado! ¡No lo toques!

Martha.- ¿Por qué?

Gitana.- Está embrujado.

Martha.- ¿Qué no lo anda vendiendo?

Gitana.- ¿Vender al Guerrero Negro? Estás loca... (*Acaricia sensualmente la figura y la contempla con admiración.*) El Guerrero Negro es vida y muerte. Alegría con dolor. (*Lo acerca a la cabeza de Martha y roza su sien.*) Colocado aquí te hace ver lo invisible y escuchar el silencio. (*Lo mueve cerca del pecho de Martha.*) Si toca tus senos los pezones se te endurecen y te hace correr la miel de las ubres. (*Lo coloca bajo el vientre de Martha.*) Cerca de tu sexo te convierte en fiera en celo y te hace aullar de placer. (*Lo baja hacia las piernas y los pies.*) Con él puedes correr, volar al cielo o flotar en el viento. Guerrero Negro es mágico. Es poder. No lo toques si no estás preparada.

Martha.- ¿Cuánto vale?

Gitana.- Tú no podrías comprarlo. Pocos logran tenerlo. (*Esconde la figura en el interior de la canasta. Martha mira hacia el mar. Pausa.*) ¿De dónde vienes?

Martha.- De Monterrey.

Gitana.- ¿Y es bonito por allá?

Martha.- Todo depende...

Gitana.- Algún día conoceré... Yo vine acá hace muchos años, cuando no había aviones, ni carreteras, ni nada. Sólo un barco que llegaba de vez en cuando. Toda la costa estaba sola. Yo venía embarazada. Me vine siguiendo al padre de mi criatura. Él era extranjero, de muy lejos. Se contrató para trabajar con los japoneses quitándole la sal al mar. Allá están las salinas. ¿Alcanzas a verlas? Yo también trabajaba en la sal y vendiendo comida a la gente. Mi hijo nació en la playa. Así de chiquito. Era un pedazo de carne, blanco como esta arena. Todo iba bien. Bueno, más o menos. Pero un día, a mi señor se le ocurrió juntarse con otros y pedir a la compañía más dinero y menos trabajo. Amaneció muerto, atrás de aquellas rocas, con los oídos, la nariz, los ojos y la boca retacadas de sal. Yo caí en cama. Perdí el sentido muchos días y tuvieron que llevarme al hospital de La Paz. Cuando regresé, nadie supo darme razón de mi hijo. Ahorita debe tener veinticinco años, entrados a veintiséis. Y estamos citados aquí, cerca de La Laguna... (*La Gitana cambia de actitud.*) ¿Escuchas...? (*Se escucha una música suave, atrayente, mágica, que llega del mar con el viento. La Gitana se pone de pie y mira hacia el mar.*)

Gitana.- Allá viene... (*Martha se coloca a su lado y mira en la misma dirección. La música se escucha más fuerte. Ellas miran fijamente hacia el mar.*) Siempre pasa a esta hora. Una vez, cada cuatro semanas... Es bonito, ¿no? (*Pausa. Los rostros de las dos mujeres se van transformando con la música que las envuelve. Hay ilusión, alegría, tristeza y dolor. Ellas giran el rostro siguiendo la dirección de la música que se va alejando hasta desaparecer. Se sientan en la arena.*)

Gitana.- A mí me gusta verlo pasar. Por eso vengo aquí. Quisiera ir en la cubierta, mirando las gaviotas, dejando que el viento me sople en la cara y en el cuello. Debe ser bonito dejarse llevar por las olas a otros puertos.

Martha.- Sí. Debe ser bonito. (*Pausa.*)

Gitana.- ¿Y qué andas haciendo en Guerrero Negro? ¿Vacaciones?

Martha.- Vine a conocer las ballenas.

Gitana.- Si no te apuras, ya no las verás este año. Se van a finales de mes.

Martha.- Qué lástima. No sabía... ¿Usted las ha visto?

Gitana.- Allá viven. En aquella laguna de mar. Llegan en diciembre, huyendo del frío. Dicen que dejan los hielos de Alaska y vienen hasta acá a tener sus críos en agua tibia. Después regresan. Cuando sus hijos puedan aguantar lo que les espera.

Martha.- Tengo una amiga judía, se llama Margo. Y sabe mucho de ballenas.

Gitana.- Es raro encontrar una mujer ballenera.

Martha.- Dice mi amiga Margo que antes las mujeres se achicaban la cintura poniéndole huesos de ballenas a sus fajas; que los marineros recorrían los mares sacando el esperma de las ballenas que usaban los perfumeros para fijar las esencias de los aromas.

Gitana.- Yo no usaría eso ni aunque me lo regalaran.

Martha.- Dice Margo que sólo quedan doscientas ballenas azules en el mundo; que pasan por aquí porque son valientes y vienen a entregarse al sexo. Quizá cuando yo acabe de hablar sólo queden 198 ballenas azules en el mundo. Eso dice Margo Glantz.

Gitana.- Puede ser. Aunque quién sabe...

Martha.- Mi amiga Margo escribió un cuento. Lo cuenta siempre. A lo mejor lo leyó en un periódico. Es la historia de una ballena que, sin saber por qué, queda varada en una playa. Ahí recibe una descarga de ametralladora desde un automóvil cargado de terroristas, hombres y mujeres. La ballena se queda ahí, en silencio. El dolor se le apacigua, pero sigue encallada en el mismo lugar de donde partiera hace millones de siglos, antes de dejar la tierra y volverse un monstruo marino y sedoso. De repente, otro balazo en el fémur y en la tibia izquierda. La sangre hace juego con el hueso. Su dolor la mantiene fija; la sangre corre y se mezcla con el mar. La policía, buscando a los terroristas, la encuentra desmayada, como las heroínas de las novelas de antes.

Suena la alarma y cuatro submarinos amarillos acuden a salvarla: diez hombres nadan hacia ella y logran ponerla a flote para llevarla con delicadeza a las aguas más profundas. Sin embargo, queda marcada...

Gitana.- ¿Y luego...?

Martha.- Ahí termina... Todos estamos marcados. Es el final de todo.

Gitana.- Tu amiga Margo y tú están locas. (*Pausa.*)

Martha.- ¿Me va a traer la ropa?

Gitana.- Ya te lo prometí, ¿no? Yo siempre cumplo. No te muevas de aquí. (*Se levanta. Recoge su canasta, la coloca sobre su cabeza y se aleja. Martha enciende el radio. Se recuesta. Cierra los ojos.*)

II

Son las dos de la tarde. Las sombras empiezan a marcarse sobre la arena. El ruido del mar se siente más cerca. Se escuchan sonidos de aves marinas. En el cielo aparecen diminutas nubes blancas. Sopla un viento suave. Atrás de las rocas aparece Eloy Bárcena. Observa el lugar. Es un hombre maduro, de aspecto sombrío y siniestro, que usa lentes oscuros que brillan como espejos. En su cinturón alcanza a verse la funda de una pistola. Usa botas. Se acerca a Martha, caminando con sigilo. Toma el radio. Martha percibe su presencia y se incorpora.

Martha.- ¡Deje eso! (*Eloy deja caer el radio en la arena. Martha se incorpora.*)

Eloy.- ¿Qué haces aquí?

Martha.- Las playas son libres, ¿no?

Eloy.- Esta no. ¿No viste la alambrada ni los letreros?

Martha.- Yo no vi nada.

Eloy.- Esta es una playa privada.

Martha.- Las playas son federales. Cualquiera puede andar en ellas.

Eloy.- Será en otra parte. Aquí todas tienen dueño. ¿Por dónde llegaste?

Martha.- Por dónde había de ser.

Eloy.- Pues ya te estás yendo.

Martha.- ¿Es usted el dueño o qué?

Eloy.- Como si lo fuera. Así que más vale que te vayas.

Martha.- Me iré después. Estoy esperando a unos amigos. No tardan en llegar.

Eloy.- Está bien. Pero se van a largar luego. El dueño de esto es muy delicado. Y no se acerquen a la casa. ¿De dónde vienen?

Martha.- De México.

Eloy.- ¿Estás segura?

Martha.- ¿Por qué habría de mentirle?

Eloy.- Así que de México.

Martha.- Estamos haciendo un estudio sobre las salinas.

Eloy.- ¿Ah, sí? ¿Para qué?

Martha.- Para una tesis. Somos de la Universidad Anáhuac. Necesitamos datos de la compañía.

Eloy.- ¿Y qué quieren saber?

Martha.- Cuándo nació esto. Desde cuándo empezaron a sacar la sal...

Eloy.- ¿Y cuánto pagan por la información?

Martha.- No sé... Depende de qué datos tenga.

Eloy.- Yo trabajé muchos años en la Presidencia Municipal. Podría ayudarles. Pero digan de a cómo va a ser y nos entendemos luego.

Martha.- No traemos mucho dinero, pero si usted tiene información que nos pueda servir, a lo mejor podemos pagarle.

Eloy.- Yo sé cosas.

Martha.- ¿Qué cosas?

Eloy.- Muchas cosas...

Martha.- ¿Desde cuándo llegaron los japoneses?

Eloy.- Primero vinieron los gringos. El primer barco que entró fue el *Bechard*, por 1955 o 58, más o menos. Luego llegaron los japoneses con un barco llamado *Argay*. Cargaba 54 mil toneladas. Ahora vienen otros más grandes, como el *Kure*, de 150 mil toneladas. Eso dicen, pero yo no lo creo.

Martha.- Se ve que hay mucha sal.

Eloy.- Hay sal en la compañía. Pero en las casas no hay ni un grano. La gente come frijoles desabridos.

Martha.- ¿Y por qué no hacen algo?

Eloy.- Lo vamos a hacer. Vamos a cerrar las bombas que llenan los diques y los vasos con agua de mar. Vamos a cerrar las doce bombas.

Martha.- Se van a meter en un lío.

Eloy.- Somos los dueños de estas tierras.

Martha.- ¿Cuánto vale un kilo de sal?

Eloy.- No se vende por kilo. Sólo por tonelada.

Martha.- ¿Y a cómo se vende?

Eloy.- Depende... si la sal es gruesa, regular o delgada.

Martha.- ¿Cuánto vale más o menos?

Eloy.- Depende... si se vende en Estados Unidos o en Japón.

Martha.- ¿A cómo se vende en Japón?

Eloy.- Depende... dónde llegue el barco. Allá hay 32 puertos y se calcula según sea su destino. (*Pausa.*) ¿Adónde fueron tus amigos?

Martha.- Al hotel. A traer la grabadora y una cámara.

Eloy.- ¿Qué hotel?

Martha.- Al Ancira.

Eloy.- Aquí no hay ningún hotel con ese nombre.

Martha.- O al Áncora. No sé. No me fijé cuando llegamos.

Eloy.- Ya estuvo suave. Acompáñame.

Martha.- ¿Adónde?

Eloy.- ¿Adónde crees? Nomás te estaba calando. A ver hasta dónde llegabas con tus mentiras.

Martha.- No entiendo...

Eloy.- ¿Dónde está Israel?

Martha.- ¿Israel?

Eloy.- Israel Montes, el Gato. No te hagas pendeja.

Martha.- No sé de qué me habla.

Eloy.- ¿Quieres que te dé una calentadita?

Martha.- Déjeme en paz, por favor. Me está confundiendo.

Eloy.- Te estamos siguiendo desde que llegaste al aeropuerto. Y desde antes. Desde México. Desde que compraste el boleto.

Martha.- Yo no llegué en avión.

Eloy.- Te llamas Martha Corona. Veinte años. Vives en la Escandón, Progreso 236, interior 36, cuarto piso, escaleras amarillas. Edificio cayéndose de viejo. Trabajas en una escuela primaria de Lomas de Sotelo.

Martha.- Usted está loco. Soy estudiante. Vivo en Polanco.

Eloy.- Identifícate, entonces...

Martha.- Me robaron mis papeles.

Eloy.- No me digas. Te asaltaron y te quitaron todo. Credenciales, dinero, ropa, y te dejaron en cueros. ¿Dónde está Israel?

Martha.- Ya le dije que no lo conozco.

Eloy.- (*Saca de la camisa una fotografía y se la muestra.*) ¿Y a estos dos sí los conoces? (*Martha mira la fotografía.*)

Martha.- Esa no soy yo.

Eloy.- Te pintaste el cabello y te lo cortaste.

Martha.- Por favor, señor, créame, por lo que más quiera. Soy turista. Bueno... soy estudiante, ya le dije.

Eloy.- ¿Dónde están los otros?

Martha.- Discúlpeme. Le mentí. Vine sola.

Eloy.- ¿En qué hotel estás?

Martha.- En ninguno... todavía. Llegué esta mañana. Los de la agencia de viajes se equivocaron en la fecha de la reservación y no encontré habitación, pero el gerente me prometió darme el primer cuarto que se desocupara o conseguirme otro en otro hotel. Por eso vine aquí, a esperar.

Eloy.- ¿Y tus maletas?

Martha.- Traje una bolsa de viaje, nada más. Pero me dormí y me la robaron.

Eloy.- Pobrecita...

Martha.- Tiene que creerme.

Eloy.- Vámonos.

Martha.- Por favor, señor... (*Eloy la toma del brazo y la jala. Martha se resiste.*)

Martha.- ¡Suélteme...! ¡Que me suelte...! (*Eloy la jala con más fuerza. Martha lo muerde en la mano.*)

Eloy.- ¡Pinche vieja...! ¡Ahora verás...! (*Le da un golpe. Martha cae en la arena. Eloy la levanta. Ella se resiste. Eloy la arrastra por la arena. La Gitana se acerca corriendo.*)

Gitana.- ¡Déjala...! (*La Gitana intenta soltar a Martha.*) ¡Que la dejes...! ¡No seas abusivo! ¡Aprovechado!

Eloy.- Tú no te metas. (*Los tres forcejean.*)

Gitana.- ¡Ponte conmigo, desgraciado!

Eloy.- ¡Contigo no es la bronca!

Gitana.- ¡Lo que quieras con mi hija, aquí estoy yo! (*Eloy suelta a Martha.*)

Eloy.- ¿Tu hija...?

Gitana.- Mi hija. ¿O estás sordo? Es Mayra, la que vive en Ensenada. (*La Gitana arroja a Martha una falda y una blusa.*) ¡Vístete! ¿Dónde dejaste los zapatos? (*Le da una bofetada.*) ¡Contesta! (*Martha llora.*) ¿Qué le estuviste contando a éste?

Eloy.- Nunca supe que tuvieras una hija.

Gitana.- Pues ahora lo sabes. (*A Martha:*) ¡Que te vistas! ¿No me oíste? Eso te sacas por loca. Pero vas a ver cómo te va a ir. Te voy a encerrar otra vez. Ahora sí va en serio.

Eloy.- ¿Qué no se te había perdido?

Gitana.- La lengua se te haga chicharrón.

Eloy.- ¿Por qué no vive contigo?

Gitana.- Tú no eres nadie para darte explicaciones.

Eloy.- Me las tendrás que dar.

Gitana.- Ora sí. Ni que fueras mi marido.

Eloy.- A ésta la tenemos fichada.

Gitana.- Fichada estará tu madre, pendejo.

Eloy.- Cuidado con el hocico, Gitana.

Gitana.- Pues no la estés ofendiendo. ¿No te das cuenta de que está enferma? Por eso vive en Ensenada. Está internada en Los Laureles.

Eloy.- ¿Qué tiene?

Gitana.- ¿No la ves? Pero ya está muy compuesta. Nació con la mollera volteada. Desde niña le daba por inventar cosas y por encuerarse en la calle. Perdía la memoria por meses. Ni a mí me reconocía.

Eloy.- Me la voy a llevar.

Gitana.- Ora sí. No fuera siendo.

Eloy.- Tiene que ir a declarar.

Gitana.- ¿Declarar qué? Si no ha hecho nada. ¿Desde cuándo es un delito asolearse en la playa? (*A Martha:*) ¿O te robaste algo? ¿Qué hiciste? (*Martha niega con la cabeza.*) ¡Te estoy hablando! (*Martha llora en silencio.*) ¿Y ahora vas a llorar? Recoge eso y vámonos.

Eloy.- Ustedes no van a ninguna parte.

Gitana.- ¿Y quién nos lo va a impedir?

Eloy.- A ésta la andamos buscando desde hace mucho.

Gitana.- ¿Por qué no la buscaron en mi casa?

Eloy.- Yo no sé. La van a mandar a México.

Gitana.- ¿Por orden de quién? El doctor Ramírez dijo que me la podía llevar. Yo no la saqué a fuerzas. Yo la saqué con papeles. Y ella no hizo nada. La provocaron. No estaba en sus sentidos. No la pueden encerrar. Ya terminó el tratamiento. ¿Qué más quieren?

Eloy.- Eso alégalo allá. No se trata de eso. ¡Vámonos!

Gitana.- Te irás solo. Mayra y yo no nos movemos de aquí.

Eloy.- Voy a ir por los otros.

Gitana.- Nos llevarás a rastras. (*Eloy camina alejándose.*)

Eloy.- Ya verás ahora que vuelva.

Gitana.- No nos vas a encontrar.

Eloy.- Conozco tu dirección.

Gitana.- Pues vayan a visitarnos. (*Eloy se aleja. La Gitana lo mira. Duda.*)

Gitana.- Espera. (*Eloy se detiene. La Gitana se le acerca. Se mete la mano dentro del seno y saca un rollo de billetes que extiende a Eloy.*)

Gitana.- Toma... (*Eloy los cuenta. Es mucho dinero.*)

Gitana.- No digas que la viste. Pobrecita. Está enferma. Pero me la voy a llevar a San Diego, si Dios quiere. ¿Me harás el favor? (*Eloy se guarda el dinero, se da vuelta y se aleja.*)

Gitana.- Andan tras tus huesos. En el mercado preguntaron por ti.

Martha.- ¿Quién?

Gitana.- ¿Para qué te haces? Tú debes saberlo.

Martha.- ¿Y usted qué les dijo?

Gitana.- La verdad. Que estabas aquí.

Martha.- Es usted muy mala... (*La Gitana ríe fuertemente gozando el miedo de Martha.*)

Gitana.- No te asustes. Era gente de Israel.

Martha.- Y él, ¿dónde está?

147

Gitana.- ¿Dónde va a estar? Buscándote, el pobre... Espéralo aquí o métete a la casa.

Martha.- Está cerrada. No hay nadie.

Gitana.- Asómate a la carretera. Anda en una troca azul. Ve a esperarlo. Dijo que luego venía... (*Se aleja.*) Nos vemos después.

Martha.- ¿Adónde va?

Gitana.- A traerle un encargo. (*La Gitana se aleja por la playa. Marha se dirige a las rocas y desaparece detrás.*)

III

Son las cuatro de la tarde. La brillantez del sol empieza a decaer. Las sombras se alargan. El sol cambia de lugar y acelera su descanso. Los montículos de arena adquieren una dimensión distinta. El cielo es de un azul oscuro. Las nubes son ahora más grandes y tienen tonos grises. Se escucha el ruido de las olas que empiezan a levantarse. Las aves marinas producen sonidos hirientes, extraños, agresivos. Aparece Israel caminando por la playa. Es un joven rubio, atractivo. Parece un turista extranjero que vaga por la orilla del mar. Viste ropa moderna de gran calidad y usa botas de campaña para andar en el desierto. Lleva cadenas de oro en el cuello y pesadas esclavas de mal gusto. No se ha rasurado en varios días. Observa en varias direcciones. Se sienta en el tronco, enciende un cigarrillo y fuma. Desde lejos se escucha la voz de Martha.

Martha.- Israel... Israel... (*Israel permanece inmutable. Martha llega y se le acerca. Él se pone de pie. Se abrazan y besan.*)

Israel.- ¿Dónde estabas? Te busqué en el hotel.

Martha.- Tuve que salirme. Me estaban siguiendo.

Israel.- ¿Dónde están los papeles?

Martha.- Me robaron todo.

Israel.- ¿Qué dices?

Martha.- Estaba asoleándome. Me dormí... (*Israel la toma fuertemente de los hombros y la estruja.*)

Israel.- Eres una estúpida.

Martha.- Suéltame. Me haces daño.

Israel.- Vas a tener que encontrarlos.

Martha.- ¿Pero cómo...?

Israel.- Ese es tu problema. Sólo a ti se te ocurre...

Martha.- Déjame explicarte.

Israel.- Si no los recuperas, vas a tener que regresar a México y conseguir otros.

Martha.- No es tan fácil.

Israel.- A ver cómo le haces. (*Martha se separa y se sienta en una roca. Clava su vista en la arena. Israel se calma. La mira.*)

Israel.- Ven. (*Pausa.*) Que vengas... (*Pausa.*) ¿Estás sorda? (*Israel camina hacia ella. Se le acerca por la espalda. La besa en el cuello.*) Qué bonita blusa... (*Introduce su mano debajo de la blusa y le acaricia los senos. Ella permanece indiferente.*) Qué bonita falda... (*Mete sus manos debajo de la falda y le acaricia las piernas. Su mano le acaricia el vientre y el sexo. Ella se da vuelta y lo abraza. Se besan. Él le quita la blusa. Ella le quita la camisa y le desabrocha el cinturón. Caen en la arena y ruedan. Se abrazan y besan, mordiéndose las orejas y el cuello. Israel le muerde los pies. Ella se tiende en la arena y él se coloca a sus pies. Los besa; se los muerde. Ella tiene un orgasmo. Él se acuesta sobre ella. Va a poseerla, pero una eyaculación prematura se lo impide. Queda inmóvil. Ella le acaricia suavemente el cabello, los hombros y la espalda. Israel se recuesta, apoyando su espalda sobre una roca. Martha coloca su cabeza en el regazo de Israel. Él fuma y mira hacia el mar.*)

Israel.- No salgas de la casa de la Gitana. Mañana temprano vete por la carretera a Loreto y me esperas en el kilómetro 80.

Martha.- No sé llegar.

Israel.- Que te lleve la Gitana.

Martha.- ¿Y cómo le vamos a hacer con los pasaportes?

Israel.- Ya veremos. Con la avioneta no nos harán falta.

Martha.- ¿Quién más irá con nosotros?

Israel.- Eso no te importa. (*Pausa. Israel se levanta hacia los arbustos.*) ¿Has visto el desierto en primavera?

Martha.- En películas.

Israel.- Todo aquello que se ve allá, lleno de chaparrales y biznagas, se llena de flores azules, amarillas, rojas, moradas. Entre más espinosas sean, más grandes son las flores. (*Dirige la vista hacia otro lado.*) Cuando yo era chico trabajaba en aquellas salinas, desde que se metía el sol por allá. De noche nos íbamos a La Laguna. Ahí se aparecía un barco pirata fantasma llamado Guerrero Negro. Había que estar con los ojos abiertos toda la noche para verlo. Yo nunca lo vi. Siempre me quedaba dormido. (*Mira hacia el horizonte.*) Cerca de aquí, como a dos horas, está la sierra de La Laguna. Ahí hay venados bura, gatos monteses y leones de la montaña. Para diciembre pienso ir de cacería. ¿Me acompañas?

Martha.- No me gusta matar animales.

Israel.- Qué aburrida eres. Me caes mal. (*Pausa.*)

Martha.- Israel...

Israel.- ¿Sí...?

Martha.- Quiero decirte algo.

Israel.- No te estoy tapando la boca.

Martha.- No voy a ir contigo.

Israel.- ¿Qué dices?

Martha.- Eso.

Israel.- No digas tonterías.

Martha.- Estoy hablando en serio.

Israel.- Yo también. Es muy tarde para hacerse a un lado.

Martha.- Lo he pensado mucho.

Israel.- ¿Y no se te secó la mente?

Martha.- No quiero perjudicar a mi familia.

Israel.- Tu familia soy yo.

Martha.- Mi mamá está muy delicada... La van a operar en Houston.

Israel.- ¿Y desde cuándo te preocupas por ella?

Martha.- Mi papá va a ser candidato.

Israel.- ¿A Rey Feo?

Martha.- Va a ser candidato a gobernador.

Israel.- ¿Y eso a ti qué? ¿O le falta dinero? Di cuánto.

Martha.- No seas idiota.

Israel.- La idiota eres tú.

Martha.- No quiero seguir contigo.

Israel.- ¿Ya no me quieres?

Martha.- No se trata de eso.

Israel.- ¿Ya no te gusto?

Martha.- Todavía.

Israel.- ¿Entonces?

Martha.- Eso no lo es todo.

Israel.- ¿Qué es todo?

Martha.- No vamos a pasarnos así toda la vida.

Israel.- ¿Cómo así?

Martha.- Huyendo, escondiéndonos.

Israel.- Eso es aquí. En el otro lado será diferente.

Martha.- Siempre será igual.

Israel.- ¿Porque tú lo dices?

Martha.- Porque así es.

Israel.- ¿Y crees que te voy a dejar ir?

Martha.- No me vas a llevar a la fuerza.

Israel.- ¿Por qué no?

Martha.- ¿Piensas tenerme presa?

Israel.- Hasta que te acostumbres.

Martha.- Estoy hablando en serio.

Israel.- Yo también. ¿Conociste a otro?

Martha.- No.

Israel.- ¿Entonces?

Martha.- Son muchas cosas.

Israel.- Cuáles.

Martha.- No tiene caso discutir.

Israel.- Entonces no empieces.

Martha.- ¿No puedes respetar mi decisión?

Israel.- No.

Martha.- ¿Siempre se va a hacer tu voluntad?

Israel.- Siempre.

Martha.- ¿Y lo que yo pienso no cuenta?

Israel.- No.

Martha.- Qué bueno que ya sé a qué atenerme.

Israel.- ¿No te habías dado cuenta?

Martha.- No. (*Israel la arroja a un lado bruscamente. Ella cae en la arena. Él se pone de pie y la mira con violencia.*)

Israel.- Mira, muchachita pendeja. ¿Querías una aventura? Ya la tuviste. Si te quieres rajar, no se va a poder. Tú aceptaste. Ahora te chingas. Ya estás metida en esto y no te vas a poder salir sola. O nos quedamos o nos salimos juntos. Vete haciendo a la idea. (*Israel saca una bolsa de cacahuates japoneses y come haciendo ruido. Martha lo observa con repulsión.*)

Martha.- Ya deja de comer esas cochinadas.

Israel.- ¿Quieres?

Martha.- No me gustan.

Israel.- A mí sí.

Martha.- Me da asco verte comer así, como animal. (*Israel sigue hasta terminar la bolsa. Habla con la boca llena.*)

Israel.- Ni modo. A mí me dan asco otras cosas y no digo nada. ¿Crees que te ves muy bonita cuando estás borracha? ¿Cómo crees que te ves cuando estás pasada? Te voy a tomar una foto, o mejor un video, para que te veas. (*Israel saca una pistola de su funda y la limpia con un pañuelo. La examina y apunta con ella hacia el mar, hacia un cactus, hacia una pitaya y hacia Martha.*)

Martha.- ¿Crees que me das miedo? (*Israel examina el cargador. Lo vacía y lo vuelve a llenar, colocando lentamente una por una cada bala.*) Voy a ir a la policía.

Israel.- Haces eso y te mato.

Martha.- No podrás. Ya estarás preso.

Israel.- ¿Serías capaz?

Martha.- Haz la prueba.

Israel.- A veces me das asco.

Martha.- Tú también. (*Israel le muestra la pistola.*)

Israel.- Toma.

Martha.- ¿Para qué?

Israel.- Para que me mates.

Martha.- Estás loco. (*Israel le quita el seguro a la pistola.*)

Israel.- Ya está lista. Nomás para que le jales.

Martha.- ¿Me crees tan tonta? ¿Qué gano con eso?

Israel.- Librarte de mí.

Martha.- ¿Y pasarme la vida en la cárcel?

Israel.- Tu familia te sacará luego.

Martha.- No estoy tan segura.

Israel.- Toma.

Martha.- ¿Crees que no puedo?

Israel.- No.

Martha.- Dámela. (*Israel le entrega la pistola. Se coloca frente a Martha. Ella le apunta.*)

Israel.- Dispara... Ándale... Aprieta el dedo... (*La tensión entre los dos aumenta. Ambos dudan. Ella baja el arma.*)

Martha.- No vale la pena.

Israel.- ¿No valgo la pena?

Martha.- No.

Israel.- Para ti no soy nada, ¿verdad? Un pendejo sin escuela. Sin buenos modos.

Martha.- Sabes que eso a mí no me importa.

Israel.- Pero tengo otras cosas.

Martha.- ¿Ya vas a empezar?

Israel.- Tú empezaste... ¿Entonces?

Martha.- Vete tú solo. Yo te seguiré después.

Israel.- No te creo nada.

Martha.- Tendrás que hacerlo.

Israel.- Si me dejas ahora, no me volverás a ver.

Martha.- Es lo mejor.

Israel.- Para ti.

Martha.- ¿Eso crees?

Israel.- ¿Sabes qué eres? Una niña cagona.

Martha.- ¿Y sabes lo que eres tú?

Israel.- Sí.

Martha.- Ya me hartaste.

Israel.- Tú a mí todavía no. Pero estás a punto...

Martha.- Cuando te vi frente al volante de aquel automóvil negro, tan feo, tan vulgar, pensé que serías el chofer o el guarura de algún político. Me gustó tu sonrisa. Y acepté tu invitación a cenar por curiosidad, por saber de qué podría hablar yo con una gente así. Luego, en el restaurante, me diste ternura, cuando ví cómo te las ingeniabas para comer la jaiba usando el tenedor de la carne. Cómo tirabas el dinero. Creí que fingías y que te habías apropiado de la personalidad de tu jefe, algún diputado o senador. Hasta que vi tus cuentas de cheques y los dólares que sacabas de

México. Después, bueno, lo del fin de semana en aquel rancho. ¿Cómo se llamaba? Acabé por convencerme. Creíste que era una de esas vedetes que te compraban. Qué chasco te llevaste, ¿no?

Israel.- Desde el principio supe lo que eras. Una mujer decente no se sube en el primer carro que pasa. Ni se va de reventón sin avisar a su casa. Eres una cualquiera; muy distinguida, eso sí. Una puta decente. ¿A qué edad empezaste? Así son tus amigas y tus primas, ¿no es cierto? En Suiza les enseñan cómo moverse en la cama. A ustedes les gusta el talón, el desmadre, el alcohol, el reventón, la gruesa, los chingadazos, ¿verdad?

Martha.- ¿Por qué me buscas? Yo no te pido que me llames. ¿Para qué me ruegas?

Israel.- Porque así es uno. Me gusta romperte la ropa de seda y quemarte las medias con mi cigarro. Me gusta que grites, que te arrastres por la alfombra. Me gusta que te pegues a mí, que no puedas separarte. Me gusta verte en la regadera sin que te des cuenta. Ver cuando te pintas; romperte el collar y que las perlas rueden por el suelo y por la escalera. Me gusta dejarte moretones en el cuello, en el pecho, en las piernas. Me gusta que me sufras... (*Martha se aleja por la playa.*) ¿Adónde vas? Espérame, te estoy hablando... ¿Qué vas a hacer? (*Martha sigue caminando. Israel la sigue. Desaparecen.*)

IV

Son las seis de la tarde. El sol se ha vuelto pálido y está a punto de ocultarse. Tiñe de café y ocre las rocas. El cielo se ha llenado de nubes negras y grises. Sopla un viento fuerte y frío. El ruido de las olas aumenta y se escuchan muy cerca. Eloy, sentado en la arena, tiene frente a él un montón de tunas. Las pela con gran destreza y las va comiendo. La Gitana lo observa.

Eloy.- Yo en el fondo soy buena persona. Tengo sentimientos. No soy capaz de matar ni una gallina. A mí me gustan las cosas tranquilas, sin sobresaltos. Me gusta sentarme en una piedra y mirar el mar; ir al campo y madrugar para sentir el amanecer. Me gusta andar en la noche, perseguir copechis, agarrarlos y untármelos en la camisa. ¿Conoces el rancho de Las Palomas?

Gitana.- He estado algunas veces.

Eloy.- Lo voy a comprar. ¿Te gustaría vivir allí? (*La Gitana se encoge de hombros.*)

Gitana.- Ahí o en cualquier lado. Es lo mismo.

Eloy.- Ahí vamos a vivir felices tú y yo.

Gitana.- ¿Y ya pensaste si yo estoy de acuerdo?

Eloy.- Tienes que estarlo. No te va a faltar nada.

Gitana.- Y ahora a ti, ¿qué te pasa?

Eloy.- Júntate conmigo.

Gitana.- Cómo crees.

Eloy.- ¿Por qué no? Tengo dinero.

Gitana.- Eso no es todo.

Eloy.- Y tengo otras cosas, yo puedo hacer feliz a cualquier mujer, si me lo propongo.

Gitana.- ¿Ah, sí?

Eloy.- Yo sé querer. Lo que pasa es que nunca me has tratado a fondo.

Gitana.- Sé muchas cosas de ti que no me gustan.

Eloy.- Me voy a retirar de todo. Quiero una vida. Quiero a alguien cerca de mí, haciéndonos viejos juntos, poco a poco. ¿O no tengo derecho?

Gitana.- Yo qué sé...

Eloy.- ¿Qué dices? ¿Te animas? Piénsalo. Pero decídete pronto.

Gitana.- Si yo te creyera...

Eloy.- ¿Te gustan las palomas?

Gitana.- No. Luego se llenan de corucos. Son muy cochinas.

Eloy.- Eso pasa si no las cuidas. Siempre he querido vivir en una casa llena de palomas. Es el animal más tierno. Cuando uno la toma entre las manos, se acurrucan, se dejan acariciar. ¿Has sentido cómo les palpita el corazón? Tic, tac, tic, tac... como si fuera un reloj.

Gitana.- ¿Por qué te fuiste a México?

Eloy.- Ya estaba harto. Harto de hacer lo mismo. De recibir cada semana el mismo sobre. Harto de cuidar lo que no es mío. ¿Sabes en cuánto compran la sal? ¿Sabes en cuánto la venden los japoneses? A mí no me importa que se la roben, pero que no me roben a mí. Lo que hago ahora tiene sus riesgos, pero vale la pena. Cuando menos deja más, lo que yo quiero. Ya estoy viejo, Gitana. He estado un poco mal últimamente. Ya no puedo fumar. Y un trago de alcohol me hace vomitar sangre. Tus yerbas me sirvieron para maldito el diablo. Me estafaste, Gitana. Pero no importa, cuando menos me diste esperanzas por un tiempo. Esperanzas pendejas.

Gitana.- No seguiste las instrucciones al pie de la letra. Hubieras seguido tomando la gobernadora.

Eloy.- Me voy a curar, pero con médico de a deveras. Médicos gringos. Especialistas. Me dejarán como nuevo. Vas a ver. Mi vida será otra. Después de esto me voy a retirar. Necesito ausentarme. Vivir tranquilo. Vivir en paz.

Gitana.- No te van a dejar.

Eloy.- ¿Quién me lo va a impedir?

Gitana.- Los muertos. Los muertos que enterraste.

Eloy.- Estás loca. Yo no los maté. Se murieron solos.

Gitana.- Ahora resulta que nadie empujó la navaja ni jaló el gatillo. Las armas no se mueven solas.

Eloy.- De veras, así fue. La primera vez que pasó yo tenía quince o dieciséis años y vivía en Morelia. Mi primo y yo asaltamos a un bracero que se llamaba Florencio. Lo esperábamos a la salida del bazar. Cuando estaba cerrando le llegué por detrás y le puse la navaja en la espalda y lo abracé para que no se moviera, mientras mi primo le bajaba el reloj, las cadenas y la lana que había sacado ese día. Todo iba bien. Pero el idiota dio un aullido como de vieja histérica y la navaja se me soltó. Solita se le metió por el costillar. Ahí se quedó. Él solo se mató.

Gitana.- Y con los demás pasó igual.

Eloy.- Pasó igual. ¿No me crees, verdad? Cuando yo estaba en la Procu me tocaba llegarle a los colombianos en un gimnasio que había en el tercer piso. Si se morían no era nuestra culpa. Muchos no aguantaban un pinche tehuacán, ni un toquecito aquí o acá. Si no querían morir, ¿por qué no confesaban luego? Como ves, ellos buscaban su muerte, la andaban deseando. Cuando uno le quita el seguro a una pistola pasa algo raro, como que ya no obedece. Ya no es de uno. Se apunta y se dispara sola. Como que no me crees, ¿verdad? (*Eloy se levanta. Camina un poco.*) Se están tardando mucho, ¿adónde fueron?

Gitana.- Ahorita vienen.

Eloy.- ¿No me estás tomando el pelo?

Gitana.- No tengo por qué mentirte.

Eloy.- Eres una vieja zorra.

Gitana.- Tampoco me vas a insultar.

Eloy.- Muy delicada, ¿no? ¿Y a cómo le vendiste a tu hija?

Gitana.- Va a trabajar con él. Se la va a llevar a México, la va a curar.

Eloy.- Consígueme una a mí también.

Gitana.- No seas pendejo.

Eloy.- Yo también tengo corazón.

Gitana.- ¿Ya hablaste con ella? ¿Qué te dijo?

Eloy.- Nada.

Gitana.- Cómo que nada.

Eloy.- Nada.

Gitana.- Te lo dije.

Eloy.- Ya se convencerá. Ya verás.

Gitana.- Es que ya no hay tiempo.

Eloy.- Verás que sí.

Gitana.- ¿Qué le van a hacer?

Eloy.- Darle un regalo.

Gitana.- Déjame hablar con él.

Eloy.- Tú no te metas.

Gitana.- A mí sí me hará caso.

Eloy.- A ti ya nadie te cree nada.

Gitana.- Él sí. Déjame probar.

Eloy.- Estás loca. No vamos a arriesgarnos.

Gitana.- Por favor, Eloy.

Eloy.- Yo no hago favores.

157

Gitana.- Te daré lo que quieras.

Eloy.- No tienes en qué caerte muerta.

Gitana.- Eso crees tú.

Eloy.- Está bien. Habla con él. Pero antes dime dónde se van a encontrar.

Gitana.- No lo sé.

Eloy.- No me digas que no te lo dijo.

Gitana.- Te lo juro. Por esta.

Eloy.- No jures en vano.

Gitana.- No hablamos de eso.

Eloy.- ¿Entonces? ¿Qué hicieron?

Gitana.- Nada.

Eloy.- Fíjate bien. Te voy a dar chance. Pero te voy a estar cuidando. Espero que no te hagas pendeja. Sácale todo.

Gitana.- Ya vete. Pueden venir.

Eloy.- Volveré en una hora.

Gitana.- No. Dame más tiempo.

Eloy.- Hora y media. No más. (*Eloy se aleja. La Gitana lo llama.*)

Gitana.- ¡Eloy! (*Eloy se vuelve.*)

Gitana.- Voy a pensar en eso que me dijiste.

Eloy.- No lo pienses mucho.

Gitana.- ¿Tú crees que lo maten?

Eloy.- De ti depende. (*Eloy se da la vuelta y desaparece tras las rocas.*)

V

Ha pasado media hora. La Gitana saca de su canasta una cerveza, la abre y bebe. Pausa. Del lado de la carretera llega Israel.

Israel.- ¿Conseguiste Pacífico?

Gitana.- ¿Tú qué crees...? (*La Gitana saca dos* six packs *de cerveza.*) Uno para ti y otro para mí.

Israel.- ¿Tan poquitas?

Gitana.- Si traigo más se calientan. Luego voy por las otras. (*La Gitana coloca la canasta en una sombra y abre una cerveza. Se la pasa a Israel.*)

Israel.- Salud...

Gitana.- Salucita... (*Los dos beben. Israel se sienta en el tronco; La Gitana, en la arena, frente a él, mirándolo con admiración y afecto.*)

Gitana.- ¿Adónde llegaste?

Israel.- Al rancho del Bronco.

Gitana.- ¿Qué no se lo habían quitado?

Israel.- Este es otro.

Gitana.- ¿Por qué no llegas a tu casa o a un hotel?

Israel.- No quiero que me maten.

Gitana.- ¿Y a mi casa? ¿Qué pero le pones?

Israel.- Nunca estás. No sabe uno si andas en Guerrero o en Durango.

Gitana.- ¿Y tu mujer?

Israel.- Está bien.

Gitana.- Los chamacos deben estar muy grandes.

Israel.- ¿Cuáles?

Gitana.- Ay, Israel, siquiera llévales la cuenta cada vez que nazcan. Cuélgate una medallita en tus cadenas, para que sepas cuántos son. (*Pausa.*) Y ésta, ¿quién es?

Israel.- Ya la conociste, ¿no?

Gitana.- Sí. Pero, ¿qué planes tienes?

Israel.- A ver... No sé.

Gitana.- ¿Cuándo vas a sentar cabeza?

Israel.- Pronto.

Gitana.- Ella dice que se van a ir a Estados Unidos mañana.

Israel.- Eso cree ella.

Gitana.- ¿Para qué la engañas?

Israel.- Tú qué sabes.

Gitana.- El otro día soñé que habías comprado un rancho en la sierra de La Laguna. Que ahí vivías criando animales, rodeado de hijos, peones y ganado cebú. Pero no pude ver la cara de tu mujer.

Israel.-¿Y tú qué hacías en el sueño?

Gitana.- Te iba a visitar. Y tú me llevabas a ver los venados cola negra, los murciélagos, la mesa de Santiago. Íbamos al herradero. Matabas una vaca, la hacías carne seca y me la regalabas todita. (*Israel le hace una señal de silencio.*)

Israel.- Alguien viene. Ve a ver. (*Israel se coloca a un lado de las rocas. La Gitana se levanta y mira sigilosamente hacia varias direcciones, ocultándose. Pausa. Israel prepara su pistola. Pausa. La Gitana regresa a su sitio.*)

Gitana.- Eran dos hombres. Pero ya se fueron. (*Israel se sienta a la sombra de las rocas.*)

Israel.- Pásame otra cerveza. (*La Gitana abre dos cervezas. Le pasa una a Israel. Beben.*) El otro día me asomé a la terraza y vi a un mocoso sentado ahí en ese tronco. Se metió al mar a brincar olas. Luego salió y jugó entre la arena, ahí en la sombra, donde estás tú. Vine, me le acerqué, quise hablarle y no me hizo caso. Se fue. Desapareció detrás de esas rocas. A veces lo veo. No. No es el sol ni el calor. Es un plebe de carne y hueso. ¿Lo conoces? ¿De quién será? Me gustaría ayudarlo, pero se esconde nomás que me ve. Huye despavorido. Se ve que me tiene miedo. ¿Qué le habrán contado de mí? Ayúdame a encontrarlo y te hago un regalo. Si me lo traes, le voy a preguntar quién es. Cómo se llama. Dónde vive. Quién es su padre y su madre. (*Pausa.*)

Gitana.- Estás muy raro. Desde que te vi me dio la impresión de que te estás volviendo loco.

Israel.- A lo mejor. No sé qué quiero. Bueno, a veces lo sé. Pero al día siguiente ya no me importa. Me aburro. No tengo amor ni querencia. No tengo raíz. Antes, cuando venía a esta playa, me sentía bien. Por eso compré esa casa, pero aquí ya no me siento a gusto. Me asfixio. Me zumban los oídos. El sol me encandila. La boca se me seca. Quisiera dormir, pero no puedo. Hay demasiado silencio. Mírame las manos, cómo me sudan. A veces todo me vale madre. No sé quién soy, Gitana.

Gitana.- ¿Es cierto lo que andan diciendo de ti?

Israel.- Lo bueno es cierto. Lo malo es un invento.

Gitana.- Te están colgando muchos milagritos.

Israel.- Déjalos. Nadie me puede probar nada.

Gitana.- ¿Qué tuviste que ver con lo de Iguala?

Israel.- Hace años que no me paro por allá.

Gitana.- ¿Y lo del Majalca?

Israel.- Ni sé dónde queda eso.

Gitana.- ¿Cómo te llamas ahora?

Israel.- Como me bautizaron.

Gitana.- Prométeme algo, nada más. No se te olvide que el perro del carnicero debe ser vegetariano.

Israel.- Ya estoy grandecito.

Gitana.- ¿Sabes? Últimamente me he sentido muy mal.

Israel.- ¿Y ya viste a un doctor?

Gitana.- Me estoy curando con yerbas.

Israel.- Tú dime y te mando a un hospital del otro lado.

Gitana.- ¿Qué voy a hacer allá sola? Ni sé hablar inglés.

Israel.- Te contrato una intérprete.

Gitana.- No trae caso. Me voy a morir cuando me toque. Todos traemos un reloj adentro, que cuando se va a parar, ni siquiera avisa. (*Pausa.*) Yo ya estoy vieja. Ya no puedo andar de un lado para otro. (*Pausa.*) Por eso quería verte y platicar contigo. Quería decírtelo personalmente y no por medio de otros. Ya no voy a seguir trabajando para ti.

Israel.- ¿Y eso? ¿No te pago bien?

Gitana.- Sí. Pero nunca te veo. Y no me gusta la gente que me mandas.

Israel.- ¿Te han tratado mal? Tú nomás dime.

Gitana.- Hasta eso que no. Pero se me hace que te están robando o que te pueden dar la espalda en cualquier momento.

Israel.- No viven para contarlo.

Gitana.- No te confíes, Israel. Hazme caso. (*La Gitana abre otras dos cervezas y le pasa una a Israel. Beben.*)

Israel.- Así que no quieres ya nada conmigo.

Gitana.- Ya no me necesitas.

Israel.- ¿Y tú cómo lo sabes?

Gitana.- Ahora ya no necesitas a nadie. Ya creciste. Yo creo que hasta te estorbo.

Israel.- ¿Cómo pasas a creer eso? (*Pausa.*) ¿O es que te quieres pasar a los otros?

Gitana.- Yo soy agua de un solo pozo.

Israel.- Más te vale. Porque si llego a saber que me quieres chingar, no amaneces.

Gitana.- ¿Hablas en serio?

Israel.- Tú sabes que nunca juego con eso.

Gitana.- ¿Serías capaz de dudar de mí?

Israel.- De ti y de cualquiera.

Gitana.- ¿Y todos estos años? ¿De qué han servido, eh?

Israel.- Últimamente me he llevado muchos frentazos.

Gitana.- Ahora me doy cuenta de por qué no te abres conmigo. Ni me dices dónde vives, ni cómo te llamas, ni con quién andas. Tienes miedo.

Israel.- No es miedo. Es colmillo.

Gitana.- Pues ahora con mayor razón aquí la cortamos. A mí no me gustan que desconfíen de mí. Así que ahora mismo te entrego tus cosas.

Israel.- Órale. Ve por ellas.

Gitana.- Y tampoco quiero a esa mujer en mi casa.

Israel.- Yo no te la llevé.

Gitana.- Ahorita te traigo todo.

Israel.- Cuando quieras. (*La Gitana se coloca frente a él, retadora.*)

Gitana.- ¿Tienes algo que reclamarme? Te estoy hablando.

Israel.- No me grites.

Gitana.- ¡Contesta! ¿He hecho algo mal? ¿Te he fallado?

Israel.- Ya cállate. Nomás tomas y te pones insoportable.

Gitana.- Estoy en mis cinco sentidos.

Israel.- Ya estás borracha.

Gitana.- Esto se acabó, Israel. Se acabó.

Israel.- Sí, hombre, sí. Y ya vete. (*La Gitana se para, lentamente. Hay terror en su rostro. Mira fijamente a Israel.*)

Gitana.- Israel... Israel... ¿Qué te pasa? Te me estás yendo... Te estás viendo de otro color... El aire te traspasa. Mira la arena. No tienes sombra. Vete los pies. No dejas huella, Israel. Te me estás desvaneciendo... Israel... Israel... Israel... (*La Gitana se da vuelta. Levanta la canasta y se aleja.*)

VI

Eloy Bárcena fuma y mira hacia el mar. Habla consigo mismo. El lugar está desierto. Su voz se escucha con eco, como

si hablara en una caverna o al oído de una persona. Su tono
es suave, tranquilo.

Eloy.- Me gusta estar aquí. Yo en otros tiempos cuidaba este
lugar. Y lo hubiera hecho siempre. Aunque no me pagaran.
Aquí soy otro. Me siento más liviano, casi ligero, y la mente se
me aclara. Aquí no hay nadie. Sólo uno y su sombra. Algún
cangrejo, escondiéndose en las rocas. Una gaviota muerta,
flotando por ahí. No hay ni huellas ni sombras. Si no fuera
por el sol que se va, pareciera que no hay tiempo. Aquí las
cosas a veces cambian. Sólo a veces. Yo no soy Eloy Bárcena, como me dicen ahora; ni Emeterio Santana, como me
decían antes. Ni Roque Albadarrán, como estoy registrado.
No soy Ladislao Soto, ni Elpidio Pereyra ni Clemente Rincón. Yo soy un hombre. Un hombre serio. Yo nunca tuve
amigos. Será porque fui muy desconfiado. La confianza mató
al venado, dicen, y yo estoy vivo. Mujeres sí he tenido, pero
todas pagadas. No me gusta deberles resuello, ni el sudor, ni
los quejidos que echan por mí en sus cuartos. Yo soy así. Yo
canto a solas. Soy afinado. Tengo tono y oído. Y memoria.
Y buena voz, creo. Me he oído cantar en el desierto y entre
las vías del tren caminando a Mocorito. Y en el mar, allá por
las salinas. Yo compongo corridos. Les pongo letra y música.
No de caballos, ni de lugares bonitos, ni de amores mal pagados. Corridos de fronteras. Corridos de mojados. Corridos de
bandas, contrabando y traición. Eso sí. (*Eloy dibuja en la arena,
con el pie, varios círculos y rayas.*) Esta es la rosa de los vientos.
Para el norte está la línea marcada con postes y alambradas,
con tortillas y cactus. Para el oriente, los vientos, los ruidos.
De allá vienen los gritos, los sonidos, la pólvora, el peligro, los
barcos, el polvo blanco. Para el sur está el mar y la sal. La sal
de la Biblia. La sal de las hijas de Lot. Yo he leído el Libro.
Ahí están los Sagrados Testimonios con el santo y las señas de
todo. Hay sal en el agua, en la arena, en el aire, en la tierra,
en el cuerpo. Estamos hechos de sal. Yo sé cosas. La sal se
necesita para poder vivir. Antes pagaban con sal. Era la sal de
la vida. La sal del mundo. Sal. Salina. Salero. Salitre. Salador.

Salvador. Salazar. Sal y azar. Sal y azahar. Sal y azar... La noche está al poniente. Y la tierra. Los campos de aviación hechos en el desierto, que duran un solo día. Luego los tapan las yerbas o los hallan los soldados que buscan contrabandos. Aquí cerca bajan muchos aviones, de todos tamaños y medidas. Y cargan yerba o descargan valijas o suben polvo o bajan gente que viene de otras tierras. Es un llegadero de todas partes. Me pagan por cuidar. Y yo hago bien mi trabajo. Yo cumplo. No tengo broncas. Ni soy soplón. Hay muchos que se rajan. Ven el dinero fácil, los pobres. Ahí se les va. Aquí en el centro está el sol. El sol quema y mata. El sol es bueno y es malo, según como se vea. Así como la luna es buena para algunos, si es luna llena, y mala para otros, si está vacía. Yo no debo sentir. Debo estar frío. Yo no debo escuchar ni creer. Sólo tengo que hacerlo. Después lo pensaré. Hay más tiempo que vida. Tengo que estar tranquilo, sereno, sin que me tiemble el pulso. Con la sangre pausada, con los ojos bien fijos, con el oído atento. Aquí va a ser. Aquí va a ser... (*Eloy se aleja, caminando, tranquilo, hasta perderse entre las rocas.*)

VII

Son las siete. Crepúsculo rojo. Los nubarrones cubren completamente el cielo. La playa se ha vuelto gris. Los cactus y arbustos se ven sombríos. El viento frío sopla con mayor fuerza. El estruendo del mar invade la playa. Israel, con una navaja suiza, hace marcas en un órgano gigante. Martha aparece detrás de las rocas y se acerca a Israel. Él la mira.

Martha.- Israel...
Israel.- ¿No te habías ido? (*Israel le da la espalda y sigue marcando el órgano. Martha se acerca a leer las marcas.*)
Martha.- Creí que era mi nombre.
Israel.- Ya ves. Te equivocaste. Es un poema.
Martha.- ¿Quién es Ginsberg?
Israel.- Un amigo americano.
Martha.- Dios los hace...

Israel.- (*De pie, con la mirada extraviada.*) Allá en la terminal de autobuses de Greyhound, sentado en el carro de maletas, miro el cielo, esperando que salga el camión de Los Ángeles, veo la eternidad que cae sobre el techo de la oficina de correos, en la noche del paraíso rojo... al centro de la ciudad, con mis lentes oscuros, temblando...

Martha.- Por favor, Israel, ya vas a empezar.

Israel.- ...temblando, los pensamientos no son eternos, ni la pobreza de nuestras vidas, ni estos empleados malgeniosos, ni los millones de parientes llorones rodeando los autobuses para despedirse, ni los otros millones de pobres pujando de ciudad en ciudad para ver a sus seres queridos, ni el indio muerto de espanto que habla arriba de una máquina que vende Coca-Cola...

Martha.- (*Se tapa los oídos. Él se le acerca.*) Cállate...

Israel.- ...ni esa vieja temblorosa con bastón, haciendo el último viaje de su vida, ni el cargador vestido de rojo que junta dinero sonriendo sobre las maletas maltratadas, ni yo que estoy mirando este sueño horrible, ni el prieto bigotón, gato barbero que se apellida Pala, metiendo sus manos largas dentro de los paquetes... (*Martha se aleja, él la sigue.*)

Martha.- ¡Que te calles!

Israel.- ...ni el duende cojeando de un lado a otro en el sótano, ni Pepe en el mostrador con sus ataques, ni el estómago verde y gris de la ballena, ni las tablas del baúl interior donde se guardó el equipaje; cientos de maletas llenas de tragedias que se mecen mientras esperan ser abiertas. (*Martha lo esquiva.*)

Martha.- ¡Ya basta!

Israel.- ...ni el equipaje que se pierde, ni los pensamientos usados, ni las etiquetas que se borran, sogas, cables rotos, todos los baúles golpeando el piso de cemento, ni los morrales del marinero que se vacían de noche en la última bodega. (*Martha llora. Israel ríe con una risa burlesca. Ríe agitadamente sin poder parar. La risa se vuelve quejido, sollozo. Tose desesperadamente. Martha deja de llorar y lo mira asfixiarse. Israel queda inmóvil. Poco a poco se recupera.*)

Martha.- ¿Estás bien?

Israel.- Yo siempre estoy bien. (*Pausa.*) ¿Adónde fuiste?

Martha.- Fui al estero a ver las ballenas.

Israel.- Te hubieras quedado a despedirlas.

Martha.- Las ballenas se suicidan.

Israel.- ¿Y eso qué tiene?

Martha.- No entiendes.

Israel.- No me presumas de sabia. (*Pausa. Martha lo mira.*)

Martha.- Israel. No me robaron nada. Tiré los papeles al mar. (*Israel se vuelve, furioso.*)

Israel.- Eres una desgraciada. Debería matarte.

Martha.- Hazlo. (*Se escucha alguien que se acerca. Es La Gitana que llega corriendo. Se muestra alterada.*)

Israel.- ¿Qué le pasa?

Gitana.- No pude llegar a la casa. Hay policías vigilando.

Israel.- ¿Y mis cosas?

Gitana.- Aquí traigo lo que tenía en el mercado. Lo demás está en la casa. (*Israel agarra de un brazo a La Gitana.*)

Israel.- ¿No me estarás engañando?

Gitana.- Por favor, Israel.. (*La Gitana baja la canasta y la entrega a Israel. Él busca en el interior y cuenta las estatuas. Toma una y se aleja un poco. Con una de las hojas más delgadas de la navaja empieza a cortar la lanza del guerrero, hasta que la desprende. Observa el pequeño orificio en la madera. Golpea la figura en la palma de la mano y cae un hilo de polvo blanco. La Gitana observa. Martha desvía la mirada. Israel lleva el polvo hasta la nariz y aspira. Vuelve a golpear al guerrero y obtiene más polvo. Lo aspira profundamente. Mira a La Gitana.*)

Israel.- ¿Quieres? (*La Gitana mueve la cabeza negando. Israel sigue aspirando. Luego coloca otra vez la lanza en la escultura. Recoge una astilla de la arena y con ella ajusta la lanza. La Gitana saca de la canasta una bolsa verde de las que usan los marines y va colocando dentro las figuras de madera. Israel le entrega el guerrero que tiene en las manos.*)

Gitana.- ¿Por qué no me hiciste caso?

Israel.- ¿De qué?

Gitana.- Tú me prometiste.

Israel.- Tú qué sabes...

Gitana.- Haces mal, Israel.

Israel.- Ni de niño me gustaban los consejos.

Gitana.- ¿Desde cuándo lo haces?

Israel.- Qué te importa.

Gitana.- Yo ya no voy a ayudarte.

Israel.- ¿Y quién te está pidiendo ayuda? No pienso regresar nunca.

Gitana.- ¿Adónde vas?

Israel.- A la chingada...

Gitana.- No me hables así. Yo me he portado bien contigo.

Israel.- ¿Te debo algo?

Gitana.- Eres un ingrato.

Israel.- ¿Te traigo una guitarra para que puedas llorar tus desgracias?

Gitana.- Tú no eras así. ¿Quién te cambió? De seguro fue ella.

Israel.- Con Martha no te metas. (*La Gitana se acerca a Martha.*)

Gitana.- Tú lo envenenaste.

Israel.- Déjala en paz.

Gitana.- (*A Martha:*) Te voy a maldecir... (*La Gitana se transfigura. Empieza a hablar en una lengua extraña. De su seno saca una daga.*)

Israel.- ¡Cállate! ¡Si la tocas te mato! (*Martha la observa con miedo.*)

Israel.- No le hagas caso. Maldiciones de perra vieja nunca alcanzan.

Gitana.- (*A Israel:*) Estás a tiempo, Israel. Sepárate de ella. Vete de aquí. Escóndete. Te están buscando. Te van a encontrar.

Israel.- ¡Con una chingada! ¡Cállate!

Gitana.- Están detrás de ti. Ya están cerca. ¿No los oyes?

Israel.- ¿No entiendes? ¡Que te calles el hocico!

Gitana.- Vas a morir pronto, ¡huye! (*Israel le da una bofetada. La Gitana cae al suelo.*)

Martha.- ¡Déjala!

Israel.- Ya se volvió loca.

Martha.- Es mejor que te vayas. Pueden venir.

Israel.- Te voy a esperar en el 80. Vale más que no faltes. ¿Oíste?

Martha.- Ya vete. (*Israel carga la bolsa en la espalda y se dirige rumbo a las rocas.*)

VIII

Eloy Bárcena aparece detrás de las rocas con un pistola en la mano. Israel se detiene.

Eloy.- ¿Adónde vas?

Israel.- No quiero broncas.

Eloy.- Yo tampoco. Dame eso.

Israel.- Eso sí que no se va a poder.

Eloy.- Dámela.

Israel.- Vamos a llegar a un acuerdo.

Gitana.- Por favor, Eloy, déjalo.

Israel.- Tú no te metas.

Gitana.- Me iré contigo. Ahora mismo, si quieres.

Eloy.- Conque rajándose el muchachito, ¿no? Quién lo viera...

Israel.- Yo se lo dije a Saldívar.

Eloy.- Qué raro. Él me mandó por ti.

Israel.- Mira, Bárcena. Aquí traigo dinero. Son dólares, ¿cuánto quieres?

Eloy.- Dame la bolsa.

Gitana.- Acepta el dinero y vámonos.

Israel.- Piénsalo bien. Estás solo. Te lo van a quitar. Yo tengo gente esperándome.

Eloy.- Yo también.

Israel.- Vamos haciendo un trato.

Eloy.- No quiero tratos contigo. Eres un rajón.

Israel.- Si quieres vamos a medias.

Eloy.- ¡Dámela! (*Israel golpea con la bolsa a Eloy. La pistola cae en la arena. Los dos se arrojan sobre ella. Ruedan sobre la arena golpeándose. Eloy se apodera de la pistola y dispara varias veces a quemarropa sobre Israel. Israel queda inmóvil en la arena. Eloy se levanta con la pistola en la mano. Toma la bolsa y la carga sobre la espalda. Martha se acerca a Israel y le saca la pistola de la funda. La apunta hacia Eloy.)*

Martha.- No se mueva.

Eloy.- No juegues con eso. Dámela.

Martha.- No se acerque. (*Eloy camina hacia Martha.*)

Eloy.- No seas tonta.

Martha.- Deténgase.

Eloy.- Dámela. (*Eloy extiende su brazo. Martha dispara varias veces. Eloy cae.*)

Gitana.- (*Para sí:*) Fue él... (*Se acerca a Israel. Coloca su cabeza en su regazo. Le limpia el rostro con la pañoleta que trae en la cabeza. Llora.*)

Gitana.- Fue él... el Guerrero Negro... (*Busca en los bolsillos de Israel y saca un rollo de billetes verdes. Los arroja a los pies de Martha.*)

Gitana.- Con eso puedes irte. (*Martha mira con dolor a Israel.*)

Martha.- ¿Y usted? ¿Qué va a hacer?

Gitana.- Voy a enterrarlo. Cerca de La Laguna... donde nació... (*Martha recoge los billetes. La Gitana recuesta a Israel en la arena y se levanta. Martha lo mira y se aleja. La Gitana recoge la bolsa. Al levantarla se escucha una ráfaga de metralleta. La Gitana y Martha caen en la arena... Oscuro final.*)

OSCURO FINAL

Son las doce de la noche y el tiempo se me acaba. Hoy cumplí veintisiete días en Santa Rosa. Estoy en mi recámara. Me alumbro con tres quinqués que mi madre puso sobre la mesa donde escribo. Las lámparas de petróleo dan una luz triste, amarilla, que sale de las bombillas de vidrio y luego se oscurece por el humo de las mechas.

Mi padre está oyendo en su cuarto el programa de radio de los Laboratorios Mayo que transmiten desde Los Ángeles. Oigan lo que pasó en Culiacán, grita. Pistoleros que fueron famosos, poco a poco se han ido acabando, unos muertos, otros prisioneros, ya la mafia se está terminando, por la sangre que fue derramada sólo hay luto y familias llorando. Apaga eso, oigo que le dice mi madre, enojada. Pon atención, mijita, le ruega él, se parece mucho a lo que está pasando en Santa Rosa. Se acabaron familias enteras, cientos de hombres perdieron la vida, es muy triste de veras la historia, otros tantos desaparecieron, no se sabe si existen con vida o tal vez en la quema murieron. Me importa un comino, le comenta mi madre, los que desaparezcan allá. A mí qué me va y qué me viene. Ella anduvo todo el día preocupada porque unos arrieros trajeron de Memelíchic una

170

chamarra de cuero llena de sangre, igualita a la que llevaba mi primo Julián cuando desapareció. Mi tío Lito se fue otra vez a Chihuahua a pedir garantías a las autoridades. Sólo pudieron ser los narcos o los judiciales, asegura mi madre, y está claro que es una venganza. Mi padre cree que Julián se huyó con el dinero de la Presidencia Municipal, porque mi tío Lito fue en su viaje anterior a los bancos de Chihuahua y encontró las cuentas con los saldos en cero. Mentira, dice mi madre. Calumnias a mi sobrino porque nunca has querido a mi familia. Por qué no se te ocurre pensar que alguno de los secuestradores pudo haberlo obligado a sacar todo el dinero de los bancos a cambio de su vida. Los secuestradores no se iban a tomar la molestia de venir hasta la sierra a buscar a sus víctimas, habiendo tantos millonarios en la ciudad, le rebate mi padre. ¿Quién dice que no? ¿Y el secuestro de Marianito Figueroa en Arechuyo? ¿No llegaron en avioneta hasta allá y se lo llevaron por aire? ¿Y el secuestro de don Lupe? ¿No se lo raptaron de la cascada de Basaseáchic, en pleno día de campo, en medio de los turistas americanos, y fue a aparecer muerto hasta Ciudad Juárez? Mi padre calla ante estos ejemplos y se va a su recámara a dormir.

Mi madre vino hace un rato a mi cuarto. ¿Te interrumpo?, dice, asomándose. Sí, pero ya qué, le contesto sin levantar la vista de la máquina. Entonces desaparezco, responde y cierra la puerta, pero ya está dentro, sentándose en mi cama. Me habla en voz grave, en un tono que no le conozco. Me gustaría que te quedaras más tiempo por acá, para verte, para gozarte, para que acabes de escribir esas cosas, pero no estoy tranquila por Julián, porque comoquiera que sea es mi sobrino y me duele ver llorar a su pobre madre. Marcela su esposa está joven, es bonita y algún día podrá rehacer su vida, pero no es justo que se queden huérfanas sus tres criaturas. Un padre es un padre y no hay sustituto. Así que te vengo a pedir que te vayas a Chihuahua y hables con tus amigos o con el gobernador, si es posible. No debemos cruzarnos de brazos. Toda la familia espera que tú hagas algo. Si no es Dios, grita mi padre desde su cuarto, para que haga milagros. Pido gestiones, no milagros, le contesta ella. Que mueva influencias, que vaya al Congreso del Estado, a los periódicos, adonde sea. Que vea las listas de los muertos no identificados, quién quita y pueda sacar algo de las descripciones, en fin. Ha decidido que me vaya mañana y que mi padre me acompañe. Aprovecharás el viaje, le grita a través de la pared, para traer pólvora, azogue y los costales para la mina. El Ventarrón los llevará en la troca roja, dice, y acuéstate ya, porque la vista se te acabará con esa luz amarilla. Oscuro final, murmulla, y sopla los tres quinqués, apagándolos. Se va, enciendo las lámparas y sigo trabajando. Cuento las páginas del guión de la película. Son setenta, así que me faltan quince a lo más. Ahí estará el desenlace que escribiré mañana temprano, porque la historia ya está contada. Tony Aguilar será José María Villarreal, el dueño de El Rosedal. Helena Rojo será Rosalba, hasta se le parece, y Sergio Bustamante o Manuel Ojeda, Manuel Fonseca, el traficante de El Edén. Susana Alexander, con esos ojos azules, inmensos, desquiciados, hará una extraordinaria Saurina. Y Chelelo será Epifanio. Ernesto Gómez Cruz, si lo convence el director, podrá ser Ligorio. Los personajes tendrán el mismo final que tuvieron en Santa Rosa, para no cambiar la realidad, que sobrepasa en acción dramática a cualquier ficción. Hoy que anduve en las calles llegué caminando hasta El Edén, la hacienda que fue de don Pascual antes de que la comprara Manuel Fonseca. Del Edén ya no queda nada. Bueno, sí, algunas paredes de adobe con huecos donde antes había ventanas y puertas, varias vigas quemadas, una cerca de fierro que se la han estado robando en pedazos para hacer herraduras y frenos, dice mi padre, una barda de piedra y un pozo con su pretil y rondana. El fuego de la Saurina acabó con todo. Ahí, sentados en el borde del pozo, comiendo naranjas, estaban el Güero, aquel chamaco huérfano que anduvo de metiche en el asunto, y la nana de Rosalba, que también fue testigo de todo. Ellos estuvieron en El Edén y en El Rosedal cuando pasaron las cosas. Lo que la nana olvida, el Güero lo recuerda, porque los niños tiene más fresca la memoria y a los viejos se les confunden los tiempos y las personas. Todo empezó cuando la Saurina llegó al Rosedal. Ahí comienza esa historia que me sirvió de base para escribir la película *Triste recuerdo*.

TRISTE RECUERDO

Esta es la historia de un amor trágico que sucedió en Santa Rosa. Me la han contado muchas veces, pero nunca del mismo modo. Esta es la versión de la Nana Lupe. Dos hombres, José María Villarreal y Manuel Fonseca, se disputaron el amor de una mujer llamada Rosalba y arriesgaron todo para tenerla. Hasta dónde ella fue culpable o víctima no es fácil saberlo. Y hasta qué punto las circunstancias obligaron a Rosalba a la traición es algo importante que hay que comprender. Aquí, dice la Nana, como en las historias de antes, todos tuvieron razón para hacer lo que hicieron. Quizá sólo la Saurina, sabia vidente, mujer errante que vio los presagios, que vio el futuro, pudo cambiar el destino. Escuché la historia de la Nana a trozos, a saltos, como la recuerda, y después de oír hasta el cansancio la canción "Triste recuerdo", por fin han surgido de la máquina varias secuencias para la película de Tony Aguilar. He escrito ya, en formato de cine, aquellos pasajes que se me presentan más claros. Tengo el arranque, algunas secuencias de en medio y el final de la historia, que es semejante al de la vida real. Si la Saurina, me digo, con su carga de sabiduría y su valija de engaños no pudo modificar ese destino, no trae caso que lo haga yo, un simple escribano que sólo da fe de los hechos.

I. EXT. RANCHO EL ROSEDAL. AMANECER.

A lo lejos se ve el campo fértil, las montañas azules y un cielo con algunas nubes. Hay una columna de humo. Los primeros rayos del sol iluminan las construcciones del rancho que inicia su movimiento cotidiano. Escuchamos cantos de gallos, mugir de ganado y gritos de vaqueros.

II. EXT. PUERTA PRINCIPAL DE EL ROSEDAL. MAÑANA.

Llega hasta el gran portón de madera la Saurina, una mujer de cincuenta años, vigorosa, de rostro fuerte, todavía atractiva, vestida de gitana. Se acerca y toca la campana. La puerta se abre y aparece un mozo.

Saurina.- Buen día a la gente de esta casa.
Mozo.- ¿Qué quieres?
Saurina.- Pagarle un favor a José María Villarreal.
Mozo.- Está ocupado.
Saurina.- ¡Llámalo!
Mozo.- Búscalo más tarde en los establos.

La Saurina trata de entrar. El mozo se lo impide cerrando la puerta. Forcejean. La Saurina grita.

Saurina.- ¡José María! ¡José María!

III. INT. PASILLO CASA DE EL ROSEDAL. MAÑANA.

Por el camino de la casa camina José María. Es un hombre de cincuenta años, alto, fuerte, atractivo, que hace sonar sus botas en el piso de cantera. Viene acompañado por Pifanio, un hombre maduro de bigote zapatista, rostro fiero, y de Chente, hombre de cuarenta años, bien parecido, fuerte. José María escucha los gritos.

Voz de Saurina.- ¡José María! ¡Déjame entrar!

José María se desvía, cruza un patio, la sala, y se dirige a la puerta de la casa. Se detiene. Ve a Saurina luchando con el mozo.

José María.- Déjala.

El mozo se hace a un lado. Saurina sonríe a José María, entra y se coloca a la mitad de la sala.

José María.- ¿Y ora tú? ¿Perdiste el camino?
Saurina.- Me trajo el viento otra vez, como hace siete años.
José María.- ¿Por qué te fuiste?
Saurina.- Mi destino es caminar. Pero he venido a ayudarte. No me quedaré mucho tiempo, sólo el necesario para asistirte.
Pifanio.- (*Bromea:*) Pues qué va a pasar. Se va a acabar el mundo o qué.
Chente.- O va a llover de abajo pa arriba.
Pifanio.- O van a andar las víboras paradas.

Los tres ríen. Saurina se indigna.

Saurina.- No es con ustedes.
José María.- Entonces la bronca es conmigo.

La Saurina lo mira. Se transfigura. Se ve temible.

Saurina.- Conocerás el sol y la pasión, pero también las sombras y el dolor. Y habrá una muerte.
José María.- ¿De quién?
Saurina.- No lo sé todavía. Por eso estoy aquí, para advertirte, para que no sea la tuya. Pero haz caso de mis augurios o vendrá una pena amarga.

José María habla con tranquilidad a Chente.

José María.- Dale los cuartos de la huerta para que ande libre y entre y salga del rancho cuando quiera. (*A Saurina:*) Ve con las mujeres a la cocina y si algo se te ofrece, pídemelo.
Saurina.- Siempre tan hombre, pero los malos vientos te buscan.

La Saurina hace un ademán de buena fortuna y sale. Pifanio intenta burlarse.

Pifanio.- Vieja loca.
José María.- Trátenla bien. Merece respeto. Porque es mujer y porque está sola.
Chente.- ¿Qué quiso decir con eso de una pena amarga?

José María hace un gesto de extrañeza. Se escucha el tema de la película y sobre el rostro de José María aparecen los créditos principales.

IV. INT. EXT. CASA DE EL EDÉN Y CALLE. MAÑANA.

En la recámara principal, en el segundo piso de la casa, está Rosalba, una bella mujer de treinta años que se peina frente a un espejo. Cerca de ella está la Nana Lupe, de sesenta años, que atisba hacia un balcón que da hacia la carretera.

Nana.- Vienen hombres de a caballo.
Rosalba.- Métete.

Rosalba sigue arreglándose. Se pone aretes y un dije, y se pinta discretamente. La Nana mira tres jinetes que a paso tranquilo cabalgan sobre el empedrado. Hay niebla. La luz los hace ver como un espejismo, como si no avanzaran.

Nana.- Ven a verlos.

Rosalba se acerca al balcón. Mira discretamente a los tres jinetes que se acercan por la calle y van a pasar cerca del balcón. Reconocemos a José María, a Chente y a Pifanio. Los tres jinetes pasan bajo el balcón. Rosalba mira fijamente a José María, impresionada por su apostura. José María siente la mirada y alza la vista y ve el rostro de Rosalba que apoya su cuerpo en la reja del balcón. Entre los dos se establece una corriente de atracción. Chente y Pifanio perciben lo que sucede y miran también hacia el balcón. Rosalba se da cuenta y se mete rápidamente. En diversos lugares de El Edén se ven hombres armados que cuidan la puerta, la esquina y las azoteas.

V. EXT. CALLE EMPEDRADA EN SANTA ROSA. MAÑANA.

José María, Pifanio y Chente siguen su camino en dirección al pueblo que se mira a lo lejos.

Chente.- Se llama Rosalba. Es la mujer de Manuel Fonseca, el forastero que compró El Edén. Acaban de cambiarse.
Pifanio.- Así que más vale que ni te ilusiones.
José María.- Una mujer así no puede ser de un tipo como ese.
Chente.- Pues ya ves.

Se alejan rumbo al pueblo.

Manuel Fonseca, cuenta la Nana, tuvo que salir de viaje a la frontera a poner orden en sus asuntos y apretar tuercas, porque últimamente las cargas de yerba y de polvo blanco no habían llegado a su destino. Si Rosalba lo hubiera acompañado esta vez, como lo hizo antes, otra fuera la historia. Pero se quedó en Santa Rosa, diciendo que se mareaba mucho al viajar en avioneta. Si Rosalba hubiera acatado las órdenes de Manuel de nunca salir de El Edén y de no hablar con extraños, la vida de los dos seguiría igual. Si el viejo Ligorio, el guardaespaldas de Manuel que cuidaba a Rosalba en sus ausencias, no hubiera descuidado sus obligaciones, nada hubiera pasado. O a lo mejor sí, porque cuando las cosas van a suceder, se ponen siempre de modo. El error de Rosalba fue ir al convento por segunda vez. Yo debí impedírselo, dice la Nana. La primera vez ella se dejó convencer por el Güero, este diablo de chamaco que se gana la vida sirviendo de guía, es huérfano el pobre, y entró a un túnel secreto que comunica el convento con El Edén, donde Rosalba encontró celdas oscuras llenas de cajas y bultos que guardaba ahí Manuel. La segunda vez que volvimos al convento yo me quedé afuera, en el jardín, porque ella me lo pidió. Esa vez fue cuando Rosalba se entregó a José María Villarreal. Creo que hasta Ligorio se hizo de la vista gorda, porque aceptó el encargo de Rosalba de ir a un rancho cercano llamado San Timoteo a traer unos asaderos muy sabrosos que venden por allá, sabiendo que adentro del convento estaba ese hombre esperándola. Qué podía hacer Ligorio ante una petición de Rosalba si le tenía tanto afecto, como el de un abuelo a una nieta, desde que la conoció, cuando Manuel Fonseca la sacó de aquella maquila de Ciudad Juárez y la hizo su mujer, llenándola de joyas, vestidos y dinero, pero manteniéndola siempre presa, sin hablar con nadie más que con él, conmigo y con Ligorio. Por eso el viejo, aunque era un asesino desalmado, le tenía lástima y gratitud, porque ella siempre fue amable y generosa con él.

Antes de que Rosalba se entregara a José María lo había visto cuatro veces. La primera desde el balcón de El Edén, como un espejismo, en la niebla. La segunda, cuando fuimos al convento y nos cruzamos con él en la calle, nosotras a pie y él a caballo. Desde su camioneta, Ligorio, que nos escoltaba, se dio cuenta de cómo se miraron los dos y cómo sin decirse nada con palabras, se dijeron mucho con los ojos. La tercera vez fue una noche en una fiesta en casa de Remigio González, el presidente anterior. Rosalba fue presentada a José María y ella me contó que el propio Manuel se dio cuenta de que algo raro pasaba entre los dos cuando se estrecharon la mano. Como que percibió lo que ellos sintieron y tuvo un presentimiento y se llevó a Rosalba de la fiesta cuando apenas empezaba. El presidente había organizado esa reunión para que Manuel pudiera hablar

con José María y le propusiera la compra o la renta, que
para el caso es lo mismo, de El Rosedal, que a Manuel le
gustaba para sembrar su yerba por la buena tierra, el agua
abundante y el rumbo del rancho, entre barrancas y cum-
bres, con un solo camino de entrada, que podía ser vigilado
fácilmente. Pero cómo iba José María a aceptar el trato si
su rancho era para él sagrado, con sus trigales dorados, su
ganado pastando por el llano y sus caballos bailadores en
los corrales. Y menos para un negocio así. La cuarta vez
que Rosalba y José María se vieron fue en la charreada
que doña Mercedes, la esposa del presidente, organizó a
beneficio de la niñez de Santa Rosa. Ahí cantó José María
Villarreal, con muchas ganas, luciéndose, "Bonita finca de
adobe", "El chivo", "Y ándale", "La barca de Guaymas"
y "Por una mujer casada", bonitas canciones, cómo no me
he de acordar. Sus peones hicieron manganas, coleaderos
y jinetearon mulatos broncos y novillos, y el caballo blanco
de José María hizo muchas gracias, como hacerse el muerto, quedándose en el suelo tirado sin moverse, saludar con
su pata delantera derecha, alzándola hacia el público, y
pararse en sus patas traseras, relinchar y dar vueltas, ha-
ciéndole coro a José María mientras cantaba. Al terminar
la charreada, Rosalba ayudó al comité de damas a hacer
las cuentas y lo recaudado fue mucho, porque asistieron
bastantes narcos con sus mujeres y esta gente es muy generosa cuando se trata de obras sociales, como hacer iglesias
y escuelas, echar agua potable, abrir caminos. En un des-
cuido de Manuel y de Ligorio, José María se acercó a dar
su donativo al comité de damas y ahí habló tres palabras
con Rosalba y la citó en el convento.

Ella me dijo que jamás iría, pero a los pocos días,
cuando Manuel se ausentó, fue a la cita. Las mujeres de
Santa Rosa no se explican ahora por qué Rosalba traicionó
a Manuel. Yo tampoco lo entiendo. Es fama que los narcos
son buenos amantes. Como viven en constante peligro y no
saben si vivirán al día siguiente, cuando se acuestan con
alguien se entregan con pasión, como si en ello se les fuera

la vida. Y son pródigos con sus mujeres, sean de fijo o de ocasión, y las llenan de regalos, como si quisieran dejarles un recuerdo agradable. Cómo hacía el amor José María Villarreal, sólo Rosalba lo supo. Aunque también las otras mujeres que tuvo desde que enviudó, como Mirta, la del restaurante, que fue la más permanente de todas.

El caso es que Rosalba siguió viéndose con José María todos los días, todas las noches, a escondidas, saliéndose de El Edén por una puerta secreta que descubrió en una recámara, al otro lado del patio trasero. Esa entrada comunicaba al túnel del convento. Ahí encontró todo lo que Manuel almacenaba para mandarlo al otro lado. Por qué Rosalba se arriesgaba tanto con esas salidas, a pesar de mis consejos y de las advertencias de Ligorio, que se daba cuenta de todo y hasta le cubría las apariencias, todavía no lo comprendo. Sería por lo prohibido. Por qué José María, que podía tener otras mujeres más jóvenes y libres, buscaba a Rosalba, a pesar de los consejos de Pifanio y Chente, sus amigos, y de las advertencias de la Saurina, que veía venir todas las desgracias, es cosa que no sé. Sería por la novedad o porque a los hombres los atrae el fruto ajeno. Será que los amantes siempre buscan lo imposible. Será que los dos, el día que por primera vez sintieron y descubrieron sus cuerpos, vivieron la pasión de a deveras, esa que nubla el entendimiento. El caso es que durante las tres semanas que estuvo afuera Manuel Fonseca, ellos vivieron su amor de muchas maneras, pero siempre en la oscuridad, con la sensación de lo prohibido, con culpa, con miedo, con sobresaltos. Me contaba Rosalba que a veces se besaban con ternura y se hacían caricias suaves y dulces, y a veces se hacían daño, mordiéndose los labios, rasgándose la piel o asfixiándose con besos desesperados que buscaban algo más allá de lo visible. Me contó que hablaban poco, casi nada, las mínimas palabras. Sí. No. Vámonos. Más tarde. Ya. Otra vez. Así. Así. Otra vez. Ya. Más tarde. Vámonos. No. Sí.

Hasta que un día, Manuel volvió, sin avisar.

XXXVIII. EXT. EL ROSEDAL. NOCHE.

La luna brilla en el cielo. Del rancho El Rosedal se desprende el caballo de José María con él a cuestas, que cabalga rumbo a El Edén. De pronto, el caballo se para en las patas traseras, relincha, y José María apenas logra controlarlo. A la mitad del camino aparece, como un fantasma, la Saurina.

Saurina.- Ay, cómo llora el viento, cómo llora. ¿No lo sientes? ¿No lo escuchas? Te está gritando, te está avisando. Mira el cielo, las nubes empiezan a cubrir las estrellas. Mira el río. ¿Verdad que no se mueve? No quiere pasar y dejarte en tu desgracia.

José María intenta pasar. El caballo sigue relinchando. La Saurina le ataja el camino. José María no sabe qué hacer. No quiere escuchar a la Saurina, pero algo superior a sus fuerzas lo obliga a hacerlo.

Saurina.- Ay, cómo sufre el sauce, cómo sufre. Míralo, cómo se mecen las ramas. Está llorando. Sufre las penas ajenas. Ve. Sigue. Encuentra tu destino. Y que salgas bien. Que no te toque la muerte. Que no te toque...

La Saurina se hace a un lado. José María pasa junto a ella y luego el caballo blanco galopa y se pierde en la oscuridad mientras la figura de la Saurina se queda sola en el camino, mecida por un fuerte viento que mueve su velo y sus largas enaguas. Parece un fantasma o un alma en pena.

XXXIX. EXT. CUARTO DE EL EDÉN. NOCHE.

Rosalba llega hasta la puerta del patio trasero. Está a punto de abrir el candado cuando de la oscuridad sale Ligorio y le detiene la mano. Rosalba se asusta.

Rosalba.- Siempre tienes que aparecer así.

Ligorio le hace una señal de que guarde silencio.

Ligorio.- No salga.

Rosalba lo mira extrañada.

Rosalba.- ¿Qué pasa?
Ligorio.- Presiento que va a llegar.
Rosalba.- Yo no creo en presentimientos.
Ligorio.- Por favor, señora. Ahora no, hágame caso.

Rosalba abre el candado, la puerta y, antes de cerrar, se vuelve.

Rosalba.- Sé que no hay dicha que dure. ¿Por qué voy a desperdiciar un momento así?

Rosalba cierra la puerta. Ligorio, nervioso, coloca el candado y se sienta en la banca, quedando en la oscuridad.

XL. EXT. EL CONVENTO. CARRETERA A EL EDÉN. NOCHE.

El caballo de José María cruza la carretera pavimentada y se pierde en la orilla del pueblo, rumbo al sabino, cuya silueta se distingue en la oscuridad. Apenas ha desaparecido José María y se ha perdido en la noche, vemos pasar por la misma carretera la camioneta gris de Manuel seguida de dos vagonetas, rumbo a El Edén.

XLI. INT. PATIO DE EL EDÉN. RECÁMARA DE ROSALBA. MEDIANOCHE.

La Nana Lupe, sentada en una mecedora frente al balcón, reza con un rosario en la mano. De pronto se levanta al escuchar los vehículos que se detienen frente a la casa. Se asoma discretamente al balcón.

Nana.- Llegó Manuel.

XLII. INT. PATIO DE EL EDÉN. MEDIANOCHE.

La Nana corre por el patio y llega hasta la puerta que custodia Ligorio. Se acerca. Él se pone de pie y se inquieta al verla correr.

Nana.- ¡Llegó Manuel!

Ligorio reacciona rápidamente y sale llevándose el candado. La Nana corre a la cocina.

XLIII. EXT. LLANURA. NOCHE.

José María deja el caballo en un rincón oscuro y camina sigilosamente hacia un sabino, que solitario en el llano se destaca contra el cielo lleno de nubes. Se pierde en la oscuridad.

XLIV. INT. CASA EN EL EDÉN. NOCHE.

Manuel entra a la sala, pasa cerca del comedor y camina por un pasillo. Las luces están apagadas. Manuel camina aprisa en la penumbra. Grita hacia el comedor, hacia la cocina, hacia una sala de estar y hacia la parte superior.

Manuel.- Rosalba... Rosalba...

Se abre la puerta que da hacia los cuartos de servicio y aparece la Nana.

Nana.- Qué susto me dio con sus gritos.

Manuel se acerca furioso.

Manuel.- ¿Dónde está Rosalba?

184

La Nana se siente nerviosa, pero intenta controlarse.

Nana.- Debe estar dormida. Cenó en la cocina y dijo que quería descansar... ¿Quiere que le prepare algo?

Manuel no le contesta y sube a zancadas las escaleras.

Manuel.- Rosalba... Rosalba...

La Nana lo ve subir.

Nana.- Jesús bendito.

Vemos el rostro de La Nana que sigue a Manuel, quien sube y se pierde rumbo a las habitaciones.

XLV. INT. RECÁMARA DE ROSALBA Y BAÑO. NOCHE.

Manuel entra bruscamente a la recámara y prende la luz. Mira rápidamente la habitación y se sorprende al ver la cama sin hacer, vacía, y la ventana del balcón cerrada. Cruza la recámara y se acerca al baño. Toca fuertemente.

Manuel.- Rosalba...

Espera un momento. Al no obtener respuesta, abre la puerta suavemente y entra. El baño está a oscuras. Prende la luz. Ve todos los objetos en orden. Recorre la cortina de la bañera y la ve vacía. Vuelve sobre sus pasos y lo vemos salir extrañado.

XLVI. INT. COCINA. EL EDÉN. NOCHE.

La Nana está en la estufa colando un té. Entra Manuel.

Manuel.- ¿Dónde está?

185

Del susto, la Nana tira el té y se vuelve a enfrentar a Manuel.

Nana.- ¿No está arriba? Qué raro. Si yo la vi subir.

El rostro de la Nana se tranquiliza y vemos que sonríe con nerviosismo al mirar hacia la puerta por donde entró Manuel. A su espalda, Rosalba, vestida con una bata, sonríe bajo el marco.

Rosalba.- Qué sorpresa...

Manuel se vuelve, se extraña un instante y luego la abraza, besándola. Ella no le corresponde del todo y se separa.

Rosalba.- ¿Cómo te fue?
Manuel.- Mal.
Rosalba.- ¿Cómo está la casa?
Manuel.- No pude ni acercarme. La tienen rodeada.
Rosalba.- Yo te lo dije. ¿Y qué va a pasar?
Manuel.- No te preocupes. El gobernador me tiene que ayudar.
Rosalba.- Ojalá. Vamos a dormir.

Manuel la mira con deseo.

Manuel.- Lo que menos quiero es dormir.

Rosalba evita mirarlo, se acerca a la Nana.

Rosalba.- Hazme un té de menta y súbelo a mi cuarto. Pero muy fuerte, para que se me quite este dolor de cabeza.

Rosalba se dirige a la salida de la cocina y pasa cerca de Manuel. Rosalba sale. Manuel se dirige a La Nana.

Manuel.- Sube los regalos que están en la camioneta.

La Nana se seca las manos en el delantal y sale de la cocina. Manuel se queda pensativo un instante.

XLVII. INT. RECÁMARA DE ROSALBA. NOCHE.

La recámara está a oscuras. Se prende la luz y entra Manuel cargando una enorme caja envuelta para regalo. Se acerca a la cama. Rosalba finge que duerme.

Manuel.- Mira lo que te traje.

Rosalba no se mueve. Manuel le mira el rostro. Sonríe con afecto. Luego se quita la camisa, las botas, los calcetines y el pantalón. Se sienta en la cama y empieza a besar el cuello de Rosalba para despertarla. Rosalba se voltea y finge no despertar. Manuel le acaricia el cuerpo bajo el camisón, metiendo la mano entre las piernas. Rosalba permanece indiferente.

Manuel.- Rosalba. Despierta.

Rosalba se incorpora adormilada y se talla los ojos. Manuel le muestra la caja.

Manuel.- Ábrela. Te va a gustar.

Rosalba abre la caja y saca un abrigo de piel de alta calidad. Intenta sonreír.

Manuel.- Pruébatelo.
Rosalba.- Mañana, ¿sí?
Manuel.- Mete la mano en la bolsa.

Rosalba obedece y saca de una de las bolsas un collar de perlas.

Rosalba.- Qué lindo.
Manuel.- Ahora la otra.

Rosalba saca de otra bolsa un juego de aretes. Los mira y le sonríe.

Rosalba.- Gracias.

Manuel le sonríe.

Manuel.- Te falta una bolsa.

Rosalba encuentra la bolsa y saca un brazalete de brillantes que coloca sobre su mano.

Rosalba.- Está precioso.
Manuel.- Estrena todo de una vez. Mientras yo me baño.

Manuel entra al baño.

Manuel.- No te duermas.

Tocan la puerta tres veces.

Voz de la Nana.- El té.
Rosalba.- Entra.

Entra la Nana con una charola que contiene una taza de té, el azúcar y una tetera. La Nana deja las cosas en el buró. Rosalba se queda pensativa en la cama. Escucha cómo suena el agua en la regadera. Se abraza a sí misma, recargada en el respaldo de la cama. Recoge los objetos y los echa dentro de la caja, dejándola a un lado, en el piso. La Nana se sienta en la cama y la mira con preocupación.

Nana.- ¿Qué vas a hacer?
Rosalba.- No sé.

La Nana le habla en voz baja.

Nana.- Haz de cuenta que todo fue un sueño y que ya pasó. Esta es tu casa. (*La Nana mira hacia el baño.*) Y ese es tu señor...

Rosalba se ve desesperada.

Rosalba.- Me quiero morir.
Nana.- No digas tonterías. Olvídalo y ya.

Cesa el ruido de la regadera. La Nana se levanta rápidamente y se dispone a salir.

Nana.- Atiéndelo.

La Nana sale. Rosalba se ve desamparada. Va al tocador. Se mira en el espejo. Se limpia las lágrimas y se compone superficialmente el cabello. Vuelve a la cama, al tiempo que entra Manuel semidesnudo, con una toalla en la cintura. Apaga la luz y se dirige a la cama. Se quita la toalla y se mete bajo las cobijas. Empieza a besar y a abrazar a Rosalba, quien no le corresponde.

Rosalba.- Por favor, Manuel. Ahora no. Me siento mal.

Manuel no le hace caso y arrecia sus caricias, colocándose sobre ella. Vemos el rostro de Rosalba, que mira con asco hacia el techo. Se arma de valor y con fuerza empuja a Manuel haciéndolo a un lado. Se separa. Manuel la mira extrañado.

Manuel.- Qué te pasa.
Rosalba.- Ya te dije. Estoy enferma.

Manuel toma la cigarrera y enciende un cigarro. Fuma recostado en el respaldo. Pausa.

Manuel.- Agarraron a los muchachos en Agua Prieta... Yo tuve que regresarme a San Diego porque hay broncas en Chihuahua y en Michoacán... Me andan buscando.
Rosalba.- Aquí no te hallarán. Nadie sabe que estamos aquí. ¿O sí?

Manuel.- Quién sabe... ¿Me extrañaste?
Rosalba.- (*Fríamente:*) Sí.
Manuel.- ¿Pensabas en mí?
Rosalba.- Sí.
Manuel.- ¿Querías que volviera pronto?
Rosalba.- Sí.

Manuel deja el cigarro en un cenicero y se le acerca.

Manuel.- Pues aquí estoy.

La besa suavemente intentando seducirla. Ella se levanta.

Manuel.- Adónde vas.
Rosalba.- Voy a dormir en la otra recámara.

De un salto, Manuel se levanta y la jala de un brazo.

Manuel.- Tú no sales de aquí.
Rosalba.- Suéltame.

Manuel la arrastra cerca de la cama. Ahí le dobla un brazo, de pie, y acerca el rostro al suyo.

Manuel.- Me vas a decir qué te pasa.
Rosalba.- Nada.

Manuel la besa con pasión. Ella se resiste e intenta separarse. Él le rompe el camisón al acariciarla bruscamente. Ella intenta zafarse de su abrazo. Furioso, la arroja sobre la cama y cae sobre ella. Forcejean un momento. Poco a poco se impone la fuerza e intenta abrirle las piernas.

Rosalba.- Suéltame, imbécil... Que me sueltes.

Manuel, con su propia boca, la calla, besándola, mientras la sujeta con un brazo y con el otro intenta abrirle las piernas.

Siguen forcejeando. De pronto, ella le da un golpe con la rodilla en los testículos. Él se dobla de dolor, pero sigue encima. Ella lo hace a un lado y se levanta de la cama. Él va tras ella. Derriban un televisor y una mesa de centro. Ella corre a la puerta de salida. Él se le adelanta y la intercepta, jalándola de un brazo. Le da una bofetada. Ella le responde con otra y se separa, yendo hacia el baño. Al pasar cerca del tocador, él la alcanza y la obliga a detenerse. Luchan y caen al suelo las lociones, cremas y joyeros, que ruedan por la alfombra. Ella se suelta y sigue su carrera hacia el baño. Logra entrar y cierra la puerta al tiempo que Manuel entra y mete un pie. Forcejean con la puerta de por medio. Ella logra cerrarla y pone el pasador. Él empieza a golpear la puerta con los puños. Luego toma un banco del tocador y con él golpea la puerta hasta lograr abrirla al botar la cerradura. Él aparece en la puerta mirándola con los puños crispados y el rostro descompuesto. Parece una fiera. Ella se cubre el pecho con el resto de la bata y permanece apoyada contra los azulejos del baño. Llora suavemente, como una niña desvalida. Él tiene un momento de compasión. La mira con odio. Se calma un poco. Se da la vuelta. Vuelve a la recámara y, desde el baño, Rosalba mira cómo se pone los pantalones, las botas, la camisa y sale, dando un portazo. Rosalba vuelve a la recámara, va al balcón, abre la ventana y atisba hacia el exterior. Escucha el ruido de un motor y ve aparecer bajo el balcón la camioneta que sale de la casa, arrancando a gran velocidad. Rosalba ve cómo las luces traseras de la camioneta se pierden en la carretera. Vuelve a la cama, se arroja sobre ella y llora.

XLVIII. EXT. CASA ABANDONADA. CALLE DE EL EDÉN. NOCHE.

Cerca de El Edén vemos una casa abandonada. Frente a ella se coloca la banda, José María, Pifanio y Chente. La banda toca y José María canta "Triste recuerdo". Se mira extraño: canta frente a una casa donde no se prenden las ventanas, ni se ven señales de que esté habitada. Desde ahí

José María ve cómo en El Edén se prende la luz de las dos ventanas.

XLIX. INT. RECÁMARA DE ROSALBA. EL EDÉN. NOCHE.

Manuel ha encendido la luz. Rosalba se incorpora preocupada. Hasta la recámara llega la voz de José María. Manuel va hasta el balcón, se asoma, ve desde ahí a la banda y a José María, a más de cien metros de distancia. En la penumbra vemos el rostro de Rosalba que sonríe ante la audacia de José María, aunque una sombra de preocupación pasa por su cara. Manuel no vuelve a la cama. Se sienta en un sillón y fuma en la oscuridad.

L. INT. RECÁMARA DE LOLA. EL ROSEDAL. NOCHE.

Vemos a Lola asomarse por la ventana de su cuarto. Mira curiosa la serenata en la casa abandonada y no se retira de la ventana hasta que logra ver quién canta y quién acompaña a José María. Vuelve extrañada a su cama.

LI. EXT. CALLE SANTA ROSA. NOCHE.

La banda toca ahora "Noches tenebrosas" y se va alejando poco a poco, desapareciendo entre las sombras.

LII. INT. DESPACHO DE EL EDÉN. MAÑANA.

Manuel está detrás de una mesa de madera que le sirve de escritorio. A un lado se ve una caja fuerte y cuadros en las paredes con fotografías que lo muestran con personajes famosos: boxeadores, políticos, artistas. Tiene en las manos una copa y a su lado una botella de brandy. Ligorio entra y se sienta frente a él.

Manuel.- Tómate algo.
Ligorio.- Ahorita no, gracias. Ando un poco mal de la úlcera.
Manuel.- Ya te dije que fueras a Estados Unidos a operarte. Yo corro con los gastos.

Ligorio.- No es para tanto. Con las yerbas que me está dando la Nana Lupe me estoy mejorando.

Manuel.- ¿Qué pasó con Rosalba?

Ligorio lo mira extrañado, pero guarda la sangre fría.

Ligorio.- ¿Por qué?

Manuel.- Es otra desde que volví. ¿Quién vino a verla?

Ligorio.- Nadie.

Manuel.- ¿Adónde salió?

Ligorio.- Al convento. Yo la acompañé.

Manuel.- ¿Adónde más?

Ligorio.- A ninguna parte.

Manuel.- ¿Seguro?

Ligorio.- ¿Desconfías de mí?

Manuel lo mira a los ojos. Ligorio le sostiene la mirada.

Manuel.- Sí. Desconfío de ti.

Manuel lo toma de la camisa y lo golpea varias veces contra la pared.

Manuel.- Mira cabrón, o me dices la verdad o te rompo la madre.

Manuel le da varios golpes en el estómago. Ligorio se dobla pero no se cae.

Manuel.- ¿Vas a hablar?

Ligorio, después de varios golpes, cae al suelo. Manuel lo patea. Ligorio se arrastra rumbo a la salida. Manuel sigue pateándolo hasta que Ligorio logra salir.

LIII. INT. CUARTO DE LA NANA LUPE. EL EDÉN. NOCHE.

La Nana, con el cabello largo y canoso, se prepara para dormir. Está vestida con una bata de franela larga que usa de noche. La vemos doblar la sobrecama y colocarla en una silla. Al tiempo que levanta las sábanas para meterse a la cama escucha varios golpes fuertes a la puerta. Voltea extrañada y temerosa se dirige a abrir. Vuelven a golpear la puerta.

Nana.- Ya voy, ya voy.

La Nana abre la puerta y se topa con Manuel, que entra haciéndola a un lado y de un golpe cierra la puerta. La mira con furia.

Nana.- ¿Qué pasa?
Manuel.- Vieja alcahueta. ¿Y todavía lo preguntas?

La Nana se separa y camina hacia la cama, intenta aparentar tranquilidad.

Nana.- ¿Por qué me ofende?
Manuel.- Me vas a contar todo... O te lo saco a patadas.

La Nana se sienta. Lo mira suplicante.

Nana.- Por favor, Manuel. Contrólese.
Manuel.- ¿Con quién me engaña Rosalba?
Nana.- No diga tonterías. Si la tiene presa, rodeada de guardianes. ¿Cómo va a engañarlo? Sólo que con el pensamiento.

Manuel le da un empujón. Ella cae en la cama.

Manuel.- Déjate de cuentos. Vieja argüendera. No me envuelvas con tu lengua.

La toma de la bata y la estruja levantándola hasta su cara.

Manuel.- Te voy a matar. ¿Me oíste? ¿Quién es él? ¿Dónde se ven? Tú eres su mandadera, ¿verdad?

Manuel la golpea varias veces. La Nana trata de cubrirse la cara.

Nana.- No. Por favor. No sé nada.

Manuel la sigue golpeando. La Nana cae al piso, se aferra a sus piernas y lo mira suplicante.

Manuel.- Habla.
Nana.- Usted sabe que Rosalba es incapaz de traicionarlo. Se lo juro.

Manuel se separa de ella. La mira amenazador. Le da varios puntapiés que la Nana trata de esquivar.

Manuel.- Para que aprendas a ser fiel a quien te da de tragar.

La Nana Lupe llora en el piso. Sus cabellos blancos caen sobre su cara. Manuel se da la vuelta, abre la puerta y sale dando un portazo.

Rosalba, cuenta la Nana, ya no salió a sus citas, y José María se quedó esperándola muchas veces. Manuel empezó a preguntar para entender la conducta de Rosalba. Habló con Lola, una sirvienta joven que se lo comía con los ojos y odiaba a Rosalba. Lola le dijo que sí, que Rosalba desaparecía muchas veces, todos los días, mientras él estaba ausente, con mi complicidad y la de Ligorio. Lola tuvo un poco de tino y no dio el nombre de José María, pero sí dijo que vio gente de El Rosedal rondando El Edén. Aconsejé a Ligorio que huyera y buscara la protección de José María en El Rosedal, pero los hombres de Manuel se dieron cuenta de su fuga, lo siguieron y lo acribillaron a él y a su caballo a la mitad del camino, cerca del río. Ahí lo encontraron unos arrieros tres días después. Al saberlo, Rosalba se imaginó que el siguiente muerto sería José María y lo mandó citar con un papel que yo mandé con el Güero. Rosalba burló la vigilancia de Manuel y una noche fue a la cita, bajo el sabino del arroyo de la Zarzamora. José María se sorprendió al verla. Era otra Rosalba. Ésta traía una peluca rubia, un vestido brillante, entallado y con escote, fumaba mucho, con la cara pintada como una mujer de la calle, y mostraba una actitud fría. Más se sorprendió José María cuando ella no lo dejó tocarla y cuando le dijo que no la siguiera molestando con sus tontas serenatas, que dejara de pasar por su calle y que no le mandara papelitos idiotas. Que no sentía nada por él, que había sido sólo un pasatiempo mientras Manuel Fonseca estaba ausente, porque una mujer, al igual que los hombres, también tiene necesidades físicas, y que su verdadero amor, el único, era Manuel, y no lo iba a cambiar por un simple ranchero de El Rosedal que olía a establos y a caballerizas. Se despidió sin darle la mano. Y ahí quedó bajo el sabino el abatido José María con el orgullo herido, con el sabor de la desilusión en la boca, con un vacío en el estómago, con ganas de sacar de su funda la pistola y darse un tiro en la sien mientras la veía alejarse, perdiéndose en la noche, rumbo a El Edén.

Pero José María no se mató, no era tan cobarde. Simplemente se echó a la bebida y descuidó su rancho. Ni los consejos de sus amigos, Chente y Pifanio, ni los conjuros de la Saurina lo sacaban de su pena. Sólo se calmaba un poco oyendo a la banda tocar "Triste recuerdo". *El tiempo pasa y no te puedo olvidar, te traigo en el pensamiento, constante, mi amor; y aunque trato de olvidarte, cada día te extraño más. Si vieras yo cómo te recuerdo, y en mis locos desvelos le pido a Dios que vuelvas. Espero que tú escuches esta canción, dondequiera que te encuentres espero que tú...* Por su parte Rosalba no quiso saber más de Manuel y se le negó en la cama, aunque yo le rogaba que cumpliera con su deber. Una o dos veces, o serían más, quién sabe, Manuel la hizo suya después de golpearla y dejarla inconsciente, pero no era así como él quería tener a Rosalba. Ella dejó de tomar agua, de comer, de dormir; en una palabra, se fue dejando morir sin escuchar consejos ni ruegos y sin querer entrar en razón. Manuel era otro, andaba como perro con rabia, como enyerbado. Andaba muy mal. Por una parte tenía problemas con la Judicial Federal, que había cambiado de jefes, según oí decir, y ahora le desconocían acuerdos y le devolvían regalos. Y a lo largo y ancho de la frontera le iban cortando caminos y deteniéndole embarques. Por otro lado, aunque buscaba en otras mujeres lo que Rosalba le negaba, se sentía vacío. Así que pensó que la distancia podía solucionar las cosas y decidió mandar a Rosalba a una casa que tenía en San Diego, pensando que tal vez la lejanía de Santa Rosa la haría cambiar y las cosas podrían ser como antes. Me dijo que preparara el equipaje de Rosalba porque esa noche saldríamos para Tijuana en una de las avionetas que estaban escondidas en el campo de aviación que tenía en un rancho cercano. Preparé el equipaje, pero también salí a la calle y abordé a la Saurina que pasaba frente a El Edén haciendo cruces y echando maldiciones contra la gente de la casa. Le pedí que le dijera a José María que todo había sido un engaño de Rosalba para salvarle la vida y que esa noche se la llevarían lejos, al otro lado de la frontera. La Saurina dudó de mis palabras, me insultó, nos deseó todos los males del mundo y se alejó rumbo al pueblo, aunque más tarde la vi pasar de regreso, con prisa, por el camino que lleva a El Rosedal. Ahí fue el desenlace.

LXXV. EXT. EL EDÉN. NOCHE.

Una camioneta espera afuera de El Edén. Vemos desde la oscuridad cómo sale Rosalba, apoyándose en la Nana. Las dos suben a la camioneta gris. Ella se ve débil y sin voluntad. Luego aparece en la puerta Manuel. Cuatro hombres salen de la casa y abordan la camioneta. Uno de ellos es el chofer. Manuel mira cómo la camioneta arranca con las luces encendidas rumbo a la carretera. Cuando desaparece,

Manuel entra y se cierra la puerta. En la oscuridad aparece la Saurina cargando dos cubetas que esconde cerca de la casa. Luego vuelve por otras dos y la vemos rodear la propiedad.

LXXVI. EXT. EL ROSEDAL. NOCHE.

De El Rosedal se desprende una cabalgata formada por doce hombres, a cuyo frente va José María en su caballo blanco. La cabalgata galopa un poco sobre el camino, y luego de una señal de José María se desvían y galopan a campo traviesa por el llano.

LXXVII. INT. CAMIONETA GRIS EN CARRETERA. NOCHE.

La camioneta, con las luces encendidas, avanza rápidamente. En la cabina distinguimos al chofer, a Rosalba, que va apoyada en el asiento, como dormida, y a su derecha a la Nana mirando fijamente la carretera.

LXXVIII. EXT. CARRETERA. NOCHE.

Por una carretera solitaria avanza la camioneta gris a gran velocidad. La vemos tomar una curva y perderse alejándose del pueblo, cuyas luces se miran a lo lejos.

LXXIX. INT. CAMIONETA GRIS EN CARRETERA. NOCHE.

En la cabina de la camioneta van el chofer, Rosalba y la Nana. Atrás se ven tres guardaespaldas cubiertos con chamarras y jorongos. Alcanzamos a distinguir sus armas. Rosalba y la Nana miran fijamente la carretera que va siendo iluminada por los fanales. De pronto vemos que sus rostros se alteran al tiempo que el chofer hace frenar la camioneta al salir de una curva. Casi está a punto de volcarse.

Rosalba.- ¡Cuidado!
Nana.- Jesús nos ampare...

La camioneta frena muy cerca de unos gruesos troncos que están atravesados en la carretera. Los troncos y grandes piedras forman una barrera imposible de cruzar con la camioneta. Los tres hombres de la parte trasera saltan con las armas en la mano dispuestos a quitar la barrera. Se escuchan varios balazos provenientes de hombres escondidos a los lados de la carretera que se protegen tras los arbustos. Los tres hombres responden al fuego con sus armas y tratan de pararse atrás de la camioneta. Logran herir a dos de los hombres escondidos que se protegen tras los arbustos. La Nana obliga a Rosalba a acostarse en el piso de la camioneta mientras el chofer dispara desde su lugar hiriendo también a dos de los tiradores. Vemos caer a los tres hombres que se protegían detrás de la camioneta. El chofer es herido en un brazo, pero se deja caer sobre el volante como si estuviera muerto. La puerta de la camioneta se abre desde afuera y José María y Pifanio se asoman al interior y con cuidado levantan a la la Nana y Rosalba, quienes los miran muy asustadas.

José María.- Ya pasó todo.

Rosalba baja de la camioneta y se lanza a los brazos de José María, que la abraza fuertemente. Se besan. Ella llora.

José María.- Ya. Ya... Todo está bien. Vamos a la casa.

José María, Pifanio, Rosalba y la Nana se pierden en la oscuridad seguidos de los hombres de El Rosedal. Algunos de ellos ayudan a los heridos, llevándolos abrazados. Cuando se han perdido en la oscuridad, vemos cómo el chofer de la camioneta alza la cabeza y se cerciora de que se encuentra solo. Enciende la camioneta, da reversa y la conduce en sentido contrario, regresando a El Edén.

LXXX. INT. EL EDÉN. NOCHE.

En la puerta de la recámara, Manuel golpea a uno de sus hombres con una cuarta. Es el chofer.

Manuel.- ¡Son unos pendejos! ¡Hijos de la chingada!

Los otros hombres esperan en el pasillo. Manuel se dirige al mayor de ellos.

Manuel.- Junta a todos en el patio. Tráete todas las armas.

Los hombres se dispersan. Manuel mira con odio al hombre que ha golpeado, que no se mueve, temeroso.

Manuel.- ¡Órale! ¡Lárgate!

El hombre se retira.

LXXXI. INT. RECÁMARA EN EL ROSEDAL. NOCHE.

En una recámara, Rosalba está acostada y la Nana le da de comer. José María está cerca. Entra Pifanio.

Pifanio.- Ya tengo gente armada alrededor de El Rosedal, pero somos muy pocos.
José María.- Trae las armas. Los voy a esperar en la puerta.
Rosalba.- Ten cuidado...
José María.- Trata de dormir. Si escuchas balazos es que estamos practicando, nada más.

José María la besa dulcemente.

LXXXII. EXT. EL EDÉN. NOCHE.

La Saurina, protegida por la oscuridad, moja una brocha dentro de una cubeta y marca cruces en las puertas y ventanas de la casa. Agota una cubeta y luego saca otra mientras habla y gesticula, maldiciendo. De pronto, escucha ruidos en la puerta principal. Se esconde y ve salir a veinte hombres armados que abordan diversos vehículos estacionados afuera. La Saurina se santigua. Alcanzamos a distinguir en la camioneta gris a Manuel, que encabeza el grupo.

LXXXIII. EXT. EL ROSEDAL. NOCHE.

Son las cuatro de la mañana. Desde lejos vemos El Rosedal tranquilo, con las luces apagadas como si todos durmieran.

LXXXIV. INT. EL ROSEDAL. PASILLO DEL PISO SUPERIOR. NOCHE.

José María sale de la recámara de Rosalba y se dirige a la escalera que conduce al piso inferior. Se encuentra con Pifanio que viene a su encuentro.

Pifanio.- Ahí te buscan.

José María se detiene, receloso.

José María.- ¿Quién?
Pifanio.- Están abajo. Esperándote.

José María se toca el arma que lleva en el cinto, la desenfunda y camina con sigilo hasta llegar a la orilla de la escalera. Mira hacia abajo. En su rostro vemos sorpresa. Guarda el arma. Sonríe levemente, tranquilizándose, y baja las escaleras.

LXXXV. INT. SALA DE EL ROSEDAL. NOCHE.

Desde los últimos escalones, José María mira a un grupo de doce personas con pistolas al cinto y rifles en la mano. Al frente de ellos se ven Pascual, Lito y Silvestre.

José María.- ¿Y ora? ¿Qué se les perdió en El Rosedal?

Pascual se adelanta y lo mira a los ojos.

Pascual.- Supimos lo que pasó.

Lito hace lo mismo y se acerca al pie de la escalera.

Lito.- Ni siquiera tuvimos que ponernos de acuerdo. Llegamos aquí cada quien por su lado.

Silvestre se acerca a Lito y a Pascual.

Silvestre.- Aquí estamos. Para lo que se te ofrezca.

José María los mira, conmovido por el gesto.

José María.- No quiero comprometerlos. Ni que arriesguen sus vidas. Uno de los dos sobra en este mundo. Como ven, es un asunto de dos, nada más. Así que, por favor, vuelvan a sus casas.
Pascual.- Pues a menos que nos saques por la fuerza.
Lito.- ¿Cómo crees que te vamos dejar solo?
Silvestre.- Tú siempre has sabido ser amigo. Y estamos aquí por el gusto de servirte.

José María, conmovido por el gesto, sólo acierta a acercarse a ellos y a poner una mano en el hombro del más cercano.

Lito.- Ahora dinos dónde nos acomodamos para darles un buen recibimiento.

José María se dirige al patio, seguido del grupo. Avanzando protegidos por las sombras, vemos a los hombres de El Edén, que a pie, arrastrándose con las armas en la mano, se acercan desde diferentes puntos al rancho; la silueta de la casa principal se mira a lo lejos.

LXXXVI. INT. BALCÓN Y PASILLO DE EL ROSEDAL.NOCHE.

Pifanio hace guardia en una ventana de un piso superior. Mira hacia afuera, con los ojos casi cerrados por el sueño. Cabecea y trata de mantenerse despierto, aunque el sueño no lo deja mantenerse en vela. En otro extremo de la casa, mirando desde un balcón, vemos a José María, que trata de distinguir extraños en los alrededores. Luego lo vemos caminar por el pasillo, abrir la recámara de Rosalba y asomarse al interior. Su rostro se tranquiliza al darse cuenta de que ella duerme plácidamente. De pronto, José María escucha varios disparos y ráfagas de metralleta. Sale rápidamente y lo vemos correr hacia Pifanio, que despierta azorado y empieza a disparar hacia afuera sin ton ni son. José María pasa a su lado y toma su posición en un balcón, desde donde ve cómo están siendo rodeados por más de veinte hombres que escalan muros, rompen ventanas y tratan de entrar por la puerta principal. José María dispara y logra abatir a dos de ellos. Desde el punto de vista de los hombres de El Edén, que han rodeado la casa y algunos han entrado a los patios, vemos a la gente de José María, en diversos lugares estratégicos, disparar desde azoteas, ventanas, balcones y tragaluces. El fuego es cruzado. Caen algunos hombres de El Rosedal. Manuel, que sigilosamente ha trepado por una ventana, entra a la casa. Abre la puerta principal de la sala y hace una señal a sus hombres para que avancen. Un grupo de siete hombres de El Edén corren hacia la puerta. Caen dos, pero cinco logran entrar.

LXXXVII. INT. SALA Y PASILLOS DE EL ROSEDAL. NOCHE.

Vemos a los cinco hombres distribuirse por la casa rumbo a las habitaciones. Manuel y dos más tratan de subir por la escalera sigilosamente. José María y Pifanio se han dado cuenta de la irrupción de los hombres de El Edén y en compañía de tres hombres de El Rosedal se preparan a hacerles frente cuando lleguen a la parte superior de la casa, escondiéndose en puertas y rincones. Desde el exterior se escucha el tiroteo cruzado entre ambos bandos.

LXXXVIII. EXT. CASA PRINCIPAL DE EL EDÉN. NOCHE.

La Saurina, con una tea en la mano, va quemando cada una de las puertas y ventanas en las que se ve la cruz que hizo con la brocha. Pronto, El Edén está en llamas y la Saurina contempla su obra desde lejos. Vemos al Güero escapar y llegar tosiendo hasta la Saurina. En una ventana se ve a Lola gritando desesperada, pidiendo auxilio.

Güero.- Qué hiciste, Saurina...
Saurina.- Les adelanté el infierno.

LXXXIX. INT. RECÁMARA DE EL ROSEDAL. NOCHE.

Rosalba está de pie junto al balcón, mirando hacia el exterior. Su rostro está aterrorizado. Ocupa un lugar peligroso y está expuesta a ser herida. Varias balas pasan cerca de ella y se estrellan en el marco y los cristales. Permanece asustada, sin moverse, mirando hacia afuera.

XC. INT. ESCALERAS Y PASILLO DE EL ROSEDAL. NOCHE.

Manuel y tres hombres suben las escaleras. Dos de éstos son abatidos por Pifanio y José María. Manuel y dos más logran subir y esconderse detrás de unos pilares. Dos hombres de El Rosedal caen muertos. En esta sección de la casa sólo quedan vivos Manuel, Pifanio, José María y otro hombre de El Edén. Éste va a disparar a José María, quien se ha descubierto para matar a Manuel, pero el hombre es sorprendido por Pifanio, quien lo mata. Manuel reacciona y mata a Pifanio, que ha quedado descubierto. Al fin quedan en el pasillo superior Manuel y José María a una distancia de veinte metros.

XCI. INT. RECÁMARA DE EL ROSEDAL. NOCHE.

La Nana Lupe se acerca a Rosalba y la quita de la ventana. Algunos vidrios se estrellan cerca. Sigue escuchándose la balacera. Rosalba y la Nana Lupe se abrazan. De pronto, Rosalba se separa.

Rosalba.- Vamos a salir.
Nana.- No. Nos van a matar.

Rosalba corre a la puerta e intenta abrirla, pero está cerrada por fuera. Empieza a moverla con gran desesperación, intentando botar el cerrojo exterior.

Rosalba.- ¡Ayúdame...!

La Nana duda un momento. Luego corre hasta Rosalba y entre las dos empujan y golpean la puerta tratando de forzarla.

XCII. INT. ESCALERA DE EL ROSEDAL. NOCHE.

Manuel le dispara a José María, quien es herido en una pierna, cayendo al piso cerca de Pifanio. Logra quitarle a Pifanio la pistola que tiene en la mano y al tiempo que Manuel se acerca a darle el tiro de gracia, José María lo sorprende y lo acribilla desde el piso. Manuel, herido de muerte, cae y rueda por la escalera hasta quedar inmóvil en un escalón.

XCIII. INT. PASILLO DE EL ROSEDAL. NOCHE.

Rosalba sale de la recámara y corre por el pasillo rumbo a la escalera. Llega hasta la orilla y mira asustada a los dos hombres muertos que la rodean. Reconoce en la escalera a Manuel y Pifanio. Poco a poco, va mirando los rostros y las ropas, temiendo encontrar a José María entre los muertos. Se sobresalta al escuchar su voz.

José María.- Rosalba...

Rosalba lo descubre en el descanso de la escalera. José María se levanta con dificultad y queda de pie en medio de la escalera. Ella le sonríe con lágrimas en los ojos y extiende los brazos hacia él, al tiempo que José María sube lentamente las escaleras. Los dos avanzan para encontrarse en un recorrido que parece interminable. En sus rostros se ve la felicidad. Manuel abre los ojos y los mira. Con gran esfuerzo levanta la pistola y apunta hacia José María, quien se da cuenta de su movimiento pero no puede atacarlo porque está desarmado. Manuel dispara a José María al tiempo que Rosalba se interpone entre los dos, protegiendo a José María. José María recibe en sus brazos el cuerpo de Rosalba, quien muere. Desde el punto de vista de Manuel, vemos la imagen borrosa de José María cargando el cuerpo de Rosalba y alejándose con él por el pasillo. La imagen se va volviendo cada vez menos nítida, hasta desaparecer. Manuel expira.

XCIV. EXT. LLANURA. NOCHE.

Bajo un cielo con grandes nubarrones, en una noche de luna, se ve un jinete en un caballo blanco galopar por la llanura, alejándose rumbo al horizonte mientras se escuchan los últimos versos de la canción "Triste recuerdo" en la voz de José María. Sobre esta imagen aparecen los créditos finales.

FIN

Nota: Para Tony Aguilar y Mario Hernández. Ojalá les guste el guión, si no están de acuerdo con el final, podemos buscar otro desenlace.

DESENLACE

Escribo estas páginas tres meses después de que salí de Santa Rosa. Estoy en San Miguel Chapultepec, frente al mercado de las flores del bosque, en mi casa, que mucho se parece por el balcón, por la escalera, por el piso de duela, a mi casa de allá, mi verdadera casa, según mi madre.

Tal como lo pensábamos hacer, salimos aquel día del pueblo mi padre, el Ventarrón y yo con destino a Chihuahua, pero cometimos una torpeza. Salimos de tarde y nos agarró la noche en la sierra, cerca de los llanos de Memelíchic. Por el camino fuimos levantando gente que pedía aventón: siete hombres, dos mujeres y tres niños se subieron atrás de la troca roja. Por el bamboleo del vehículo y por el sonsonete de los corridos que ponía mi padre, empecé a cabecear y me quedé dormido al pasar la Cueva del Agua, mientras Los Cadetes de Linares tocaban "Contrabando y traición". Tuve una pesadilla. Soñaba que mi padre y yo andábamos entre los actores de una película de guerra que se filmaba en San Salvador. Estábamos en las calles, en medio de una balacera, y clarito se escuchaban las ametralladoras, mientras corríamos a refugiarnos en el campo de una universidad. Desde una ventana, cinco sacerdotes nos miraban muy tristes. Párate, gritaba alguien, párate, hijo de la chingada. Sentí el cuerpo de mi padre recargarse en mi hombro. Oí gritos, órdenes de soldados, gritos de mujeres, llantos de niños. Desperté cuando la troca se salía del camino. El Ventarrón estaba caído sobre el volante y mi padre encima de mis piernas. La troca chocó contra un pino. Fuera del sueño seguían oyéndose los balazos, pero ya no había gritos. Sólo el llanto de un niño de pecho. Las luces de varias lámparas de mano se fueron acercando poco a poco a la cabina de la troca y me encandilaron los ojos. Salgan, cabrones, gritó un hombre.

Mucho tiempo después, hasta que nos llevaron a Chihuahua, supe lo que pasó. El Ventarrón venía manejando bien, en medio de la noche, y al dar la vuelta en una curva se encontró de pronto con un retén de soldados recién puestos ese día. O no los vio o no alcanzó a detenerse o se asustó y en vez de frenar pisó el acelerador y los soldados nos dispararon. De la gente que traíamos atrás sólo quedaron vivos una mujer y su niña que venían durmiendo acostadas en el piso de la troca. El Ventarrón falleció al instante. Mi padre está todavía en la clínica del Parque de Chihuahua, pero ya se salvó y todos los días pide a los médicos que lo den de alta para regresar a Santa Rosa y denunciar otra mina antes de que se la ganen. Y yo estoy aquí, escribiendo con la mano izquierda porque tres dedos de la derecha los tengo inmóviles, con yeso, vendados. A quien me pregunta qué me pasó ahí, le digo que me quemó un gusano negro que cayó de un granado, un gusano quemador de los que hay en la sierra.

Hoy recibí carta de mi madre. Dice que echó de la huerta a Damiana Caraveo cuando supo que hablaba mal de mi primo Julián y el motivo por el que deseaba verlo. Me reclama porque nunca se lo dije, si no, la hubiera corrido antes. Damiana Caraveo sigue esperando a Julián en la plaza. A veces sale al camino para encontrarlo o se va hasta el entronque de Huajumar a preguntar por él. Por eso carga una pistola, para matarlo en cuanto le saque la verdad. A Conrada se la acaban de llevar presa los judiciales. La traían en su lista. Dicen que ella era la encargada de pasar y recibir radiogramas en clave de los narcos de la sierra. Luto vemos, corazones no sabemos, comenta mi madre. Jacinta Primera me manda saludar. La imagino tras el mostrador de su puesto en la plaza, preguntando a los forasteros si conocen a algún detective privado o si han visto por casualidad a José Dolores Luna. Acá en Santa Rosa no hay ley que valga ni gente libre de culpa, dice mi madre. No quiero que vuelvas a pisar este pueblo. Si sientes deseos de vernos, iremos adonde tú estés. Acá no se sabe quién es quién. Además, tienes una mirada extraña y una pinta que te perjudica. Tiene razón Damiana Caraveo cuando dice que miras como narco o como judicial, que para el caso es lo mismo. Y además vistes como ellos. No vale la pena que corras el riesgo. No quiero perder un hijo. Ya te encomendé a Santa Rosa de Lima y te entregué a ella. Olvídate de lo que viste y escuchaste acá. Haz de cuenta que fue una simple pesadilla.

Recibí otras noticias de Chihuahua. Encontraron a los dos policías municipales que habían desaparecido con mi primo Julián. Arsenio estaba en el canal de aguas negras de la capital del estado, por el rumbo de la Concordia, y Eustaquio en un arroyo seco, cerca de las curvas del Perico, a la salida de la carretera que va para Ciudad Juárez. SECUESTRO, TORTURA y MUERTE fue la cabeza a ocho columnas con letras rojas de *El Heraldo de la Tarde* de Chihuahua. NARCOVENGANZA se leía con letras negras en *El Norte*. VÍCTIMAS DE JUDICIALES fue el título de *El Diario de Chihuahua*. Presunciones y conjeturas. Mi tío Lito llevó a los familiares de los muertos al anfiteatro de la Universidad para la identificación de ley. No se pudo precisar la fecha de su muerte debido al estado avanzado de descomposición de los cuerpos y porque a Eustaquio le habían arrancado algunas partes los animales del monte y Arsenio estaba muy hinchado por las aguas negras del canal. Fue difícil reconocerlos porque les habían cortado los dedos para desaparecer las huellas digitales, decía la prensa, y tenían quemaduras en todo el cuerpo, principalmente en la planta de los pies; y las costillas y los brazos rotos, y un tiro en la nuca. A Eustaquio lo reconoció su padre porque en la nalga derecha tenía un lunar grande, con vellos negros, marca de nacimiento de los hijos varones de la familia, y porque en la pantorrilla izquierda tenía una cicatriz profunda, causada por una daga, cuando de chico le tuvieron que sacar el veneno de una víbora que lo mordió en el monte. A Arsenio lo identificó su esposa por la trusa americana en la que ella había marcado con hilaza verde sus iniciales y porque en el maxilar superior le faltaba un diente que pensaba ponerse en oro en cuanto cobrara el aguinaldo. Mi primo Julián no ha aparecido todavía. Su esposa Marcela ya lo dio por muerto y anda vestida de negro. Mi tío Lito no pierde las esperanzas y sigue buscándolo.

Voy a quemar todo lo que escribí en Santa Rosa, se lo prometí a mi madre. No quiero que te desaparezcan, me dijo. A Tony Aguilar no le gustó el guión de la película *Triste recuerdo*. Me debo a mi público, que es la gente de abajo, el auténtico pueblo que me creó y me sostiene, y no puedo ofrecerle algo así, pues esperan de mí una verdadera historia de amor, de amor puro, y no una venganza de narcos. Además, no puedo ofender a estos amigos, que van a verme a los palenques o a mis espectáculos en ferias y rodeos, y me invitan a sus fiestas, me contaron que dijo al rechazar el guión, pero eso sí, no me lo pagó y yo fui tan imbécil que no le pedí el anticipo que siempre se pide para evitar abusos, porque los productores luego se quedan con el guión que no pagaron y toman lo que les gusta y arman una película con todos los guiones que rechazaron. *Guerrero Negro* tuvo mejor suerte. Luis de Tavira, un director de teatro que dicen que es un genio, aunque también un ave de tempestades, va a dirigirla para inaugurar el Teatro Metal que acaba de construir Henry Donadieu, un productor francés, en un nuevo centro de espectáculos, con bares, cines y discotecas en la

Zona Rosa. Me dijo que piensa meter un conjunto de música norteña que toque corridos de contrabando durante la representación, y que en cabinas de cristal, alrededor de los protagonistas, irán apareciendo conocidos narcotraficantes mexicanos en su ascenso, gloria y caída. María Rojo ya aceptó ser la Gitana. Si Televisa le permite el desnudo total, Edith González será Martha, y si el productor le llega al precio, el Gato Montés será Humberto Zurita, esto si su esposa Christian Bach lo deja, porque ella prefiere que él haga *M. Butterfly*, un éxito de Broadway, donde él puede ser la geisha o la china esa que resultó ser hombre. Es que a *Guerrero Negro* como que le falta algo y como que no está a la altura de un actor como Humberto, le dijo Christian a Vicente Leñero en una cena con el productor, en su restaurante El Olivo. El arquitecto Alejandro Luna, que diseñó el teatro, hará la escenografía. Ya me mostró la maqueta con arena y agua de mar, para que el público pueda tocar con sus dedos las olas de verdad que serán producidas por una máquina que él inventó especialmente para este montaje. Pero mejor no lo sigo contando, porque dicen que en el teatro las cosas contadas se salan y nunca se hacen realidad.

Para olvidarme de Santa Rosa y darle la vuelta a estas páginas de contrabando y traición, sólo me falta pasar a máquina la letra de los corridos que estoy oyendo, porque para el montaje de *Guerrero Negro* se necesitan, me dijo el director, cuando menos veintiún corridos de contrabando.

Índice